小説

消えた初恋 2

宮田　光

原作／アルコ・ひねくれ渡

井田
しっかり者のバレー部員。
秀才だが恋愛に疎い。
青木
ちょっとおバカで
天然だが、どこまでも
一生懸命な高校生。
豆太郎
井田の愛犬。
青木を目の敵にしている。

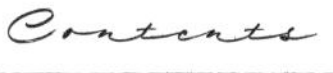

Contents

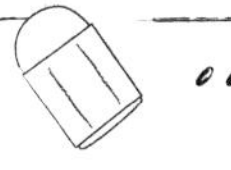

Characters

相多
青木の親友。
一見チャラいが
本当は優しい。

橋下美緒
青木の元片想いの相手。
まさに天使のような性格。

イラスト／アルコ

Vanishing My first Love
小説 消えた初恋 2

1

◇◇◇

パンッ！　パンッ！

年明けを寿ぐような冬晴れの朝、威勢の良い二拍手の音が響き渡る。

拝殿に向かった青木は、胸の前で手を合わせると、ぎゅっとまぶたを閉じた。

願いごとはたくさんある。家族や友達が元気で過ごせますように。姉ちゃんの店が繁盛しますように。おいしいもの、いっぱい食べられますように。新しいイヤホンをゲットできますように。それから、それから……。

ちらりと隣を見ると、井田と目が合う。

「長いな」

ふっ、と穏やかな笑みを向けられ、きゅっと胸が詰まった。毎度思うが、井田のこの表情は心臓に良くない。

「い、色々あるんだよ」

いつか井田の笑顔に慣れる日がやってくるのだろうか。……いや、そんな日はきっと来ない。

どぎまぎしたまま拝殿に向き直った青木は、両手をいっそう強く合わせた。――どうかお願いします、神様……。

今年も井田と楽しい思い出が作れますように！


青木と井田は揃って一礼。次の参拝客と入れ替わり、拝殿から離れた。

元日の午前。神社の敷地内には様々な出店が並び、多くの人で賑わっている。

新年らしい華やかな雰囲気の中、青木は一年前の自分の姿を思い起こした。一年前のこの日この時、青木はこたつでゴロゴロと寝転がりながら、興味のない正月特番をぼんやりと眺めていた。

当時の自分は信じないに違いない。

一年後、お前は恋人と初詣に行っているぞと言ったって。ましてやその恋人が、クラスメイトの男子だなんて。

すべては初恋の人、橋下さんに消しゴムを借りた時から始まった。

イダくん♡　そう書かれた消しゴムは、いくつもの勘違いを生んだ。そして、その勘違いが奇跡のように生み出したのだ。——男子高校生二人の、不器用でひたむきな恋を。

つい四か月前までは、井田とは親しく話したこともなかった。けれど文化祭の準備を通して彼の真面目さや優しさを知っていくうち、逃れようもなく惹かれていった。

井田の本心が見えないまま勢いに任せるようにして始まった交際は、クリスマスを前に危機を迎えたものの、親友たちの助けのおかげで、どうにかこうにか乗り越えられた。

小雪が舞う中、つないだ手を通して感じた井田のぬくもり……。いまだに自分たちの交際が夢の中の出来事のように感じることはあるけれど、あの温かさは確かなものとして思い出せる。

「青木」

肩に手を置かれ足を止めると、井田は社務所を指差した。『開運おみくじ』と書かれたのぼりが立ち、参拝客が列を作っている。

「おみくじ、引きたがっていただろ？」

そうだ、と青木は声を弾ませた。初詣といえばおみくじだ。これを引かないことには、新しい年が始まった気がしない。

「井田も引こうぜ」

列の最後に並ぶ。自分たちの番になると、巫女装束の女性から六角形の筒を渡された。

「大吉、大吉……」

ぶつぶつと唱えながら筒を振ると、二十七と書かれた棒が出てきた。青木たちは棒と引き換えにおみくじを受け取り、列を離れて社務所の横に立った。

「同時に開こうぜ。せーのっ！」

おみくじを開く。すると目に飛び込んできたのは、大吉の文字。

『願いは全て叶うでしょう』

「よっしゃーー！　大吉！」

青木は高らかにガッツポーズを掲げた。

なんて幸先が良い。今年の俺は、もしかして最強なのではないか。井田をかっこよくリードして、青木ってなんて男前なんだ、とか思われたりして。

「井田は？」

笑顔のまま尋ねると、井田はぼそりとつぶやく。

「大凶だ」

「え……」

青木は井田のおみくじをのぞき込んだ。

『することなすことうまくいかず、失くしものに気をつけるべし』

「……マジかよ」

まさか新年一発目の運試しでこの結果とは。っていうか大凶って、本当に存在するものなんだ。引いたやつ、初めて見たぞ。

井田は心なしか沈んだ様子だ。青木は「心配すんな」と井田の腕を引き、たくさんのおみくじが結ばれた木の下へ連れていった。

「この木の高いところに、そのおみくじを結んでおくんだ。そしたら神様がすぐに見つけて、早めに悪運を吸い取ってくれるから！」

こぶしを握って熱弁すると、井田は「そんな説、聞いたことないけど……」と言いながらも、背伸びして一番高い枝に手を伸ばした。

キュッと結びつけられたおみくじを見て「よし」とうなずいた青木は、次に自分が引いたおみくじを井田の手に握らせる。

「それじゃあ、これは井田の手に握らせる。

「これは青木のだろ。いいよ、俺、占いとかそんなに信じないほうだし……」

井田は遠慮がちにおみくじを返そうとした。「いいから持っとけ」と青木はその手を押し戻す。

「お前は気にしてないかもしれないけど、俺は心配なんだよ。それに井田が大吉なら、俺も大吉だろ」

腕を組んで堂々と言うと、井田は少し驚いたような顔をした。

青木ははたと気づく。今、かなり恥ずかしいことを言ったかもしれない。

「確かにそうだな。これは大事にもらっておく」

頬を緩めた井田がおみくじを大事そうに握る。青木は「おー、もらっとけ」と赤くなった鼻先を擦った。

「じっと行列に並んでたら、体冷えたな。出店であったかい食べ物買おうぜ」

青木は出店を見回した。から揚げにたこ焼き、ポップコーンに甘酒……。屋台の食べ物って、どうしてこんなにうまそうに見えるんだろう。目移りしていると、井田に手をつかまれた。

「わ、なんだよ？」

冷え切った手が、自分のものより少しだけ大きな手にするりと包み込まれた。心拍数が一気に跳ね上がる。

「――ば、馬鹿、お前！　こんな人の多いところで……」

「逆に平気だろ。誰も見てないって」

平然とのたまった井田は、青木の手を自分のポケットに入れた。手にじんわりとぬくもりが伝わる。

「……お前……お前ってやつは……」

わなわなと唇が震えた。鈍いというか図太いというか、井田は周りからの視線に対して、あまり頓着しない。

　しかし、青木はそうではない。もし知り合いにこんな姿を見られたら……。

「あれ、井田じゃん！」

　聞き覚えのある声が背後から聞こえた。ひっ、と声を裏返した青木は、とっさに井田の手から自分の手を引き抜いた。

　振り返ると、同級生の武地（たけち）がにこやかに手を振っている。その背後には市井（いちい）や豊田（とよだ）など、バレー部二年の面々が勢ぞろいしていた。

「なんだ、井田の先約って青木のことだったのか」

　武地は笑顔のまま近づいてきてそう言った。青木たちが手をつないでいたことには気づいていないらしく、「どうせならみんなで一緒に回ろうぜ」と、親しげに青木の肩に手を回してくる。

「いいけど……」

　デート中だからごめん、だなんて言えるわけがなく、青木は作り笑いで了承した。

　青木とて大勢の友達とワイワイするのは好きだ。でも、今年は井田と二人だけで回ってみたかった。

　まぁ、しかたがないか……。

　井田との関係を隠したがっているのは、他でもない青木自身なのだ。臆病な自分は、井田のように堂々と振る舞うことができない。周りに知られるのが、まだ怖い。

青木と井田はバレー部と合流し、ぞろぞろと出店を巡った。

「青木たちはもう参拝したの？」

武地に聞かれ、青木はうなずく。

「うん。ばっちりお願いしてきたぜ」

「俺らもさっき済ませたところ。受験がうまくいきますように、って」

「……じゅ……けん……？」

「なんだよ、青木。生まれて初めて火を見た猿みたいな顔して」

武地のからかいに、「誰が猿だ！」と言い返すと、市井が笑って肩を小突いてくる。

「さてはお前、自分がもうすぐ受験生になるってこと、忘れていたな？」

「いやいや、忘れてねーけどさ……」

本当は忘れていた。というより、意識したことさえなかった。

「だって俺ら、まだ二年じゃん。来年の話じゃん。そんな焦る時期じゃないって。ヨユーだよ。ヨユー」

ワハハと危機感ゼロで笑う青木の姿に、井田や同級生たちは「こいつ、マジで大丈夫か？」と不安げに目を見合わせた。

「え……」

向かいに座る担任の教師は、ずれた眼鏡（めがね）を押し上げ、青木の顔をまじまじと見つめた。

「青木、大学へ行くつもりなの？」

「そうですけど……」

新学期が始まりおよそ二週間、一月半ばの放課後である。三者面談に臨（のぞ）む青木は、母と並んで担任と顔を突き合わせていた。

「いや、でも青木。君、前にケーキ屋さんになりたいって言ってなかった？」

担任は焦った様子で調査票を確認するが、青木にとってはまるで覚えのないことである。わけがわからずぽかんとしていると、母がおずおずと口を開いた。

「先生、それは姉の千尋（ちひろ）の話かと……」

青木の姉はこの学校の卒業生で、目の前の教師はかつて姉のクラスを受け持っていたこともある。

「あー……、そうか。姉のほうか……」

担任は眼鏡のブリッジを押さえてうつむいた。続く不自然な沈黙に「先生？」と呼びかけると、担任はのそりと顔を上げ、

「青木、ごめん。今からめちゃめちゃ急いで勉強しないと、大学進学は相当難しい」

担任の目は本気だった。「そんな！」と青木は机に両手をつく。

「先生、この前の二者面談では『青木は何も心配いらない』って言ってくれたじゃないですか！　話が違いますよ！」

「だって、青木はケーキ屋さんにぴったりだと思ったから。おいしいケーキ、作ってくれそうな感じがするから……」

「なんすか、その勝手なイメージ！　俺、調査票には大学進学希望だってちゃんと書いたのに……」

「だって、だって……」

　頭をかきむしった担任は、バンッ、と机に資料を広げた。

「まさかこの成績で、大学に行こうとしているなんて思わないじゃないか！」

　それは青木の今までの成績を表した線グラフだった。小高い山脈を描くクラス平均を大きく下回り、瀕死(ひんし)のミミズのごとく地を這(は)っている。

「何これ……。嘘でしょ？」

　顔を青ざめさせた母は、耐えられないとでもいうように息子が生み出したミミズから目を逸(そ)らした。

　担任と母。打ちのめされた二人の姿を目にし、青木はやっと己の状況を理解し始める。

　俺ってもしかして……かなりやばい？

「というわけで、今日から週三で塾通い。数学漬けだよ……」

翌日の放課後。教室に居残った青木は、お馴染みの三人——井田に橋下さん、相多——を前に肩を落とした。

昨日、面談を終えて帰宅するやいなや、母は高校の近くにある学習塾レッツゴーに電話をかけた。コマーシャルを数多く打つ大手で、充実した個人指導を売りにしている。

決めるのはまだ早くない？　口コミとかちゃんと調べたほうがいいんじゃない？　と、青木はどうにか母を食い止めようとしたが、努力は徒労に終わった。母と電話相手の間であれよあれよという間に話はまとまり、青木の入塾が決まった。

「来年は受験だもんね。青木くん、ファイト」

橋下さんの優しい声援に、むしろ甘えた気持ちが出てきてしまう。青木は机に突っ伏した。

「嫌だ。つらい。行きたくない……」

「お前、数学とことん苦手だもんなぁ。いっそのこと文系クラスに移ったら？　そっちのほうがまだ望みはあるんじゃねーの？」

相多が言った。青木たちの通う東ヶ岡高校では、二年時から理系志望と文系志望のクラスに分かれ、三年時にクラス替えは行われない。が、心変わりをした生徒が理転したり文転したりという道は残されている。

「でも、文系クラスは知らない人ばかりだから……」

青木が理系を選んだのは、あっくんが理系クラスに行くなら俺もそっちでいいかなー、ぐらいの軽い気持ちからだった。絶対に理系学部に進学してやる、という熱意はないが、それでも今さらクラスを替わるのは恐ろしい。

青木は文系クラスでポツンと孤立する自分の姿を想像した。教科書を忘れても誰にも見せてもらえず、好きな人同士でグループを作ってと言われたら、どこにも入れてもらえない……。

「――嫌だ！　一人ぼっちにはなりたくない！」

「お前なぁ、大事なことだぞ。そんなガキみたいな理由で決めるなよ」

相多にぐしゃぐしゃと髪を乱され、青木は、うー、と唸った。大学には行きたい。でも塾には通いたくない。クラスを替わるのも嫌だ。なんかこう、舐めるだけで頭が良くなる飴とかはないものか。寝ると記憶力が上がる枕とか。

「青木、いなくなるのか。寂しくなるな」

小さなつぶやきに、青木はバッと顔を上げた。目の前に立つ井田をまじまじと見上げる。

「……今、寂しいって言った？」

「うん、寂しい」

素直にうなずかれ、唇の端がピクリと動く。

……ふーん、そうか。井田は俺がいないと、寂しいのか。へぇー、ほーん、寂しいんだぁー。

にやつき始めた青木の姿に、橋下さんはうふふと笑い、相多は「単純なやつめ」と肩をすくめた。

青木はドン、と自分の胸をたたいて、

「大丈夫だ、井田。俺たちは来年も同じクラスだ。考えてみれば、べつに文系教科が得意なわけでもないしな。むしろ国語もフツーに苦手」

「胸張って言うなよ」

至極もっともな相多の突っ込みは、やる気になった青木の耳には届かない。

どうせ文転したところで危機的状況であることには変わりないのだ。——だったら、やってやる。

「俺、しっかり塾で勉強するよ。そんでビューンと成績上げてやるから、見とけよ」

ビシッと指差すと、井田は朗らかに笑う。

「おぉ。頑張れよ」

迎えた放課後。勇んで学習塾レッツゴーを訪れると、まずは担当講師と面談を行うということでラウンジに通された。

椅子に座った青木は辺りを見回した。壁には有名大学への合格実績が華々しく掲示され、その上には気合の入った毛筆で書かれた「不撓不屈」というスローガンが、額縁に入って飾られている。周囲の生徒はみな、参考書を開いていたり単語カードをめくっていたりと熱心に勉強中だ。

完全に雰囲気にのまれた青木は、これは来る場所を間違えたかもしれないと、さっそく後悔し始める。

「青木想太くん？」

かけられた声に、青木は「はい！」と背筋を伸ばした。近づいてきた若い男が、首にかけたスタッフ証を見せる。

「おまたせ。担当の岡野です。よろしく」

その人はスーツを着て眼鏡をかけて髪を七三に分けて……、というような青木が思い描いていた塾講師の姿とはまるで違っていた。

今風の洒落た髪型に、垢抜けたカジュアルな服。男性アイドルグループにまじっていても違和感のなさそうなイケメンだ。青木はぺこりと頭を下げる。

「よろしくお願いします。岡野先生」

「先生、なんて堅苦しいのはなしにしようぜ。岡野くんとかでいいよ。俺も想太、って呼びたいし」

にこやかに言った岡野は、青木の向かいではなく隣に座る。

「俺、想太とそんなに年違わないぜ。大学生なんだ」

「えっと、それじゃあ……岡野くん？」

おずおずと言ってみると、岡野は「いいね」と笑った。親しみやすい笑顔に、緊張が解れる。

「高校、東ヶ岡なんだって？」

青木が提出した書類に目を落とした岡野は、自分も東ヶ岡出身なのだと語った。親近感がいっそうに湧き、青木は身を乗り出す。

「え、そうなんすか。じゃあ先輩ですね」

「東ヶ岡は勉強きついよなー。俺も数学は苦手だったわ。でも当時の彼女が理系に進むって言うからさ、もう必死で勉強したよ。おかげで数学、得意になっちゃった」

笑いまじりに言った岡野に対し、青木は思わず「俺もっ！」と自分の顔を指差した。

「俺も正にそうなんです！　好きなやつと一緒のクラスになりたくて。だから塾に通おうと思って……」

「……へぇ」

にやりと笑われ、青木は我に返る。――初対面の塾の先生に向かって何を大発表してるんだ、俺は……。

「やるじゃん、想太。もう告白済み？　付き合ってんの？」

どうやらこの手の話が好きらしく、岡野は興味津々の様子で身を寄せてきた。

「えっと……修学旅行の時に告白して、いまは付き合って四か月ぐらい……です」

「どんな子？　想太はその子の、どういうところを好きになった？」

「それは真面目なとことか、優しいとことか……」

照れつつも満更でもない気持ちで語る。好きな人のことを喋るのは、単純に楽しい。

「見た目は？　髪型とか身長とか」

「短髪っすね。背は高いです」

「部活は？　運動部？」

「バレー部っす。うまいですよ」

「スポーティーな子なんだな。いいねぇ。さわやかじゃん。――んで、その子とはどこまで進んでんの？」

不意打ちの問いに、青木は「な!?」と飛び上がる。

「なんもないっす！」

「本当かぁ？　怪しいな、その反応。俺が相談にのれるのは勉強だけじゃないぜ？　恋愛系大得意だから」

岡野は胸を張る。そりゃあ、この見た目でこのフレンドリーさなら、恋愛系は大得意だろう。説得力は抜群だ。

青木は椅子に座り直した。井田との関係を深めるに当たって、大人の視点を取り入れるのも悪くはないだろう。

「えっと、昼とか一緒に食べて……」

「おー、青春じゃん」

「クリスマスには、手なんかつないじゃったりして。あっ、初詣デートもしました」

途中で中断したけれど、あれだって立派なデートだ。岡野は幼子の話を聞く母のような面持ちで、うんうんとうなずく。

「それで、それで？」

「それだけですけど？」

岡野の笑顔が強張った。

「……一緒に飯食って、手つないで、デートしただけ？」

他に何があるというのだ。青木がうなずくと、岡野は「うっ」とうめいて胸を押さえた。

「だ、大丈夫ですか？」

慌てて腰を浮かせた青木を、岡野は「平気だ」と制する。

「あまりのピュアさに胸が苦しくなっただけだから」

「ピュア?」

「だって高二の男子だろー」

岡野は青木の耳に顔を寄せると、意味深に声をひそめて、

「付き合ったらキスとか、×××とか、したいって思わねーの?」

青木は硬直した。

……いや、それはあまりに大人の視点がすぎるだろう。ってか塾内で講師が×××とか言っていいの?

「い、いえ、あの……まだそこまで考えてないっていうか……。俺ら付き合ったばっかりだし……」

「おいおい、普通は考えるだろ。なんなら付き合う前から考えちゃうよ、俺は」

「いや、それは……」

居たたまれなさに耐えられず、青木はぎゅっと目をつむった。実際は考えないようにブレーキをかけている、というのが本当のところだ。だってそんなことを想像したら、井田の顔がまともに見られなくなる。

「案外、向こうは待ってるかもよ。想太がぐいっと迫ってくれるのをさ」

「そ、そうなんすか?」

「結局、好き合っている者同士だろ。お互いに先に進みたい気持ちは持っているわけ。あとはどっちが最初に勇気を出すか、っていう話だよ」

先に進みたい気持ち……。はたして井田は持っているのだろうか。というかそもそも、先があるということも知らなさそうな気がする。

井田は恋愛に関しては自分以上にお子ちゃまである、というのが青木の見解だ。交際というのは仲良くお手々をつなぐこと、と考えていても不思議ではない。

「これは俺の実体験なんだけど、高二の時にさ……」

岡野が遠い目をして語り始めたロマンスの数々……。それは恋愛初心者の青木の耳には、刺激が強過ぎた。

「……で、その岡野くんっていう講師が、マジでいい人でさ。話は面白いし、勉強教えるのもめっちゃうまいわけ」

翌日の昼休み。昼食を携(たずさ)えた青木と井田は、屋上につながる階段を並んで上った。

「そうか。相性の良さそうな塾に入れてよかったな」

「うん。俺、あそこでなら頑張れそうな気がする。いつか井田の成績を抜く日が来るかもなー」

などとうそぶきながら扉を開けた青木は、あんぐりと口を開けた。

屋上には先客がいた。至近距離で向かい合う男女の生徒二人。男子の片手は女子の腰に回され、もう片方の手は顎を持っている。

絡み合う視線。男子がくいっ、と女子の顎を持ち上げ、二人の唇が近づく。

——おじゃましましたっ！

青木は井田の目をふさぎ、大慌てで扉を閉めた。公共の場でなんて大胆な……！

「き、今日は屋上は駄目だっ。ここで食うぞ」

ビシッと階段を指差すと、井田も「そうだな」と同意した。二人は階段の一番下の段に腰かける。

沈黙が続く中、青木はぎこちない手つきで弁当の包みを開いた。——気まずい。家族で観ているドラマでラブシーンが流れた時のように、気まずい。

「井田、風紀委員だろ。取り締まれよ」

やつ当たり気味に言うと、「無茶言うな」と返される。

「それに別に悪いことじゃないだろ。恋人同士が同意の上でするのは、普通のことだ」

予想外の発言に青木は固まった。すまし顔でコンビニの袋からサンドウィッチの包みを取り出す井田の姿に、動揺は微塵も見られない。

「……お前、そういうこと知ってんの？」

恐る恐る尋ねると、井田は当然のように、

「まぁ、そりゃ」

まぁ、そりゃ!?

青木は大いにうろたえた。つまり井田は「先」があると知っている？　お子ちゃまではなかったのか……？

「ところで青木、ちょっと言っておきたいことがあるんだけど……」

「お、おー」

え？　ってことは、俺のこともそーゆー目で？

青木は震える手で箸を手に取った。岡野の声がエコーする。

『案外、向こうは待ってるかもよ？』

「俺……たぶんだけど京都……遠いけど……」

そうなのか？　井田は俺を待っているのか？　俺がぐいっと迫るのを……？

ドッ、ドッ、と鼓動が速まった。視線が井田の唇に吸い寄せられる。

「——青木？」

不意に顔を近づけられ、青木は「うわっ」とのけ反った。

「ぼうっとしてるけど……俺の話、聞いてたか？」

疑わしげな目を向けられ、青木はぎくりとする。

やばい。全然聞いていなかった。確か京都とか言ってたような……。行ってみたい旅行先の話か？

「京都ね。いいよな、風情があって。俺も行ってみたい」

一か八かでそう答えると、井田は「そうか」と満足したような笑みを浮かべた。どうやら正解だったようだ。

「青木もこのカツサンド食べてみろよ。うまいぞ」

気前良く差し出されたサンドウィッチを「おう、ありがと」と受け取った青木は、ひそかに息をつく。

悩むのはやめだ。今はまだ、こうやって並んで弁当を食べているだけで十分じゃないか。


問題プリントを解き終えた青木は、ぐっと伸びをした。

塾に通い始めてからおよそ二週間、段々と勉強というものに慣れてきた気がする。少なくとも最初のころのように数式を見るだけで頭が痛くなる、なんてことはなくなった。

隣に立つ岡野がプリントをのぞき込む。

「終わったか？　どこか詰まったところある？」

「大丈夫。基礎問題だし、この間教わったばかりのとこだったから」

「……うん、確かに大丈夫そうだな。それじゃあ次は結果発表ー」

ジャーン、と机に置かれたのは、前回の授業で受けた数学の確認テストだった。点数はなんと七十点。青木からすれば稀に見るどころか、初めて見るぐらいの好成績だ。

「やったぁー！　岡野くんのおかげだ」

バンザイした青木は、岡野を仰ぎ見る。

岡野は本当にいい講師だ。物覚えの良くない青木に対し、あきれもせずいら立ちもせず丁寧に教えてくれるし、時には勉強とは関係のない話をして、リラックスさせてくれるのも有り難い。

「すごいのはお前だろ。この短期間でよくやったよ。――で、想太が順調なのは勉強だけかな？」

にこりと笑って聞かれ、青木は口ごもった。

「それが俺、どうしても勇気が出なくてさ……」

並んで弁当を食べるだけで十分だと感じているのは本当だ。けれど、それは踏み出せない言い訳でもある。高二岡野の武勇伝に比べたら、なんと情けないことか。

青木は井田にもっと近づきたいと思う。でも、井田のほうは？　華奢でも柔らかくもない自分に対し、そういう感情を抱けるものだろうか……。

「俺ってほんと、情けないよなー」

あはは、とそら笑いを浮かべた青木の肩に、岡野が手を置く。

「あのな、想太。この間は俺も調子にのってああだこうだ言ったけど、無茶する必要はこれっぽっちもないんだぞ？」

穏やかに言った岡野は、とんと青木のテストを指で示した。

「この結果を見ればわかる。想太は情けなくなんてない。ちゃんと地道に頑張れるやつだ。勉強と同じように、恋愛も一歩ずつ進めばいいんだ」

「岡野くん……」

ジーンと心に響いた。——俺のこと、そんなふうに思ってくれているだなんて……。

「よし。次の登校日、授業終わったら一緒にラーメン食いに行こうぜ。成績アップのご褒美におごってやるよ」

「えっ、ほんと？」

「おう。腹割って色々話そうぜ。悩める生徒の話を聞くのも、先生の仕事だからな」

片目をつむって見せた岡野の腕に、青木はひしと抱きついた。

「ありがとう、岡野くん。大好きだ！」

「おいおい、生徒に惚れられるのは困るぜ」

岡野は笑いながら、青木の頭をポンポンと撫でた。

授業を終えて塾を出る。冷たい夜風に首をすくめた青木は、急ぎ足で歩道を進んだ。歩道橋を上ろうと階段に足をかけたその時、背後から「青木!」と呼び止められる。

振り返ると部活ジャージ姿の井田がいた。立ち止まった青木のもとに駆け寄ってくる。

「塾、終わったんだな。一緒に帰ろう」

「うん!」

幸運な偶然に自然と笑みがこぼれた。青木はさっそく塾のテストで好成績を収めたことを井田に報告する。

「よかったな。青木、最近は授業もかなり真面目(まじめ)に受けてるもんな」

「やるしかねぇもん。親にも先生にもかなり強く言われたし……」

階段を上がり切り、青木はキョロキョロと周囲を見回した。歩道橋には自分たち以外誰もいない。

青木は井田の手に視線を落とすと、自身の手をそわそわと動かした。

クリスマスでも初詣(はつもうで)でも、井田のほうからきてくれた。これくらいの勇気は、自分も出さなければ――。

思い切って手を取ると、井田は少し驚いたような顔をした。青木は顔を赤くする。

「周りに人、いないから……。歩道橋下りるまでは……」

「……おう」

柔和な微笑みとともに手を握り返され、青木はますます頬を熱くした。

好きな人に受け入れてもらえる喜びは、格別だ。もっともっとと願うのは、悪いことだろうか。

「……なぁ、井田。俺と手つなぐの、嫌じゃないよな？」

「当たり前だろ。急にどうした？」

「……そ、それじゃあ、その先は？」

「先？」

自分をきょとんと見返す瞳の無垢さに、青木はやぶれかぶれになる。

「だから付き合ったらする、あんなことやそんなことだよ！」

「……あぁ」

井田は合点したようにつぶやいた。やはり井田もわかっているのだ。

「あのさ……無理とか気持ち悪いとか……思わない？」

尋ねた瞬間、井田はピタリと立ち止まった。つないだ手が解かれ、青木の体からさぁっと熱が引いていく。

「た、試しに聞いただけだからっ！　全然そんな、深い意味とかないし……」

必死に取り繕う青木に対し、井田は納得したようにつぶやく。

「このところ様子が変だったのは、それを気にしていたからか」

「……俺、変だった？」

「おぉ。ぼうっとしてるかと思えば、一人で顔を赤くしたり青くしたり……。てっきり勉強のことで悩んでるんだと思っていたら……」

井田が青木の手を取った。するりと指を絡ませられ、青木はどきりと息を詰めた。

「今すぐどうとは考えてないけど、気持ち悪いなんて思うわけないだろ」

決然と言った井田は、青木の手を力強く自分のほうへ引き寄せた。

「……うん」

青木は鼻をすする。不安が井田の温かさに溶かされていくような気がした。

自分と井田の気持ちは、きっと同じ方向を向いている。だったら焦らなくても、いつか同じ場所に辿(たど)り着けるはずだ。

井田と二人、歩幅を合わせて歩道橋を進む。

もっともっとこの橋が長ければいいと願う青木は、気づいていなかった。

歩道橋の下、自分たちの姿をぼう然と見上げる彼の存在に——。

2

塾に来た青木は、ラウンジでテキストに目を通す岡野の姿を見つけた。

今日は岡野が仕事を終えたら一緒にラーメンを食べに行く約束である。ウキウキと近寄り「おーかーのくん」と声をかけると、岡野はびくりと体を揺らした。

「あ、想太……」

「今日も授業、よろしくお願いします。――それでそれで、今日行くラーメン屋さん、どこにする?」

「……あー」

ぐるりと視線を巡らせた岡野は、「悪い」と両手を合わせた。

「あの約束、やっぱキャンセルにしてもらえないか?」

「なんでだよー。楽しみにしてたのにー」

唇を尖らせ隣に座ると、岡野は気まずげに笑って頬をかく。

「今日、急に残業になっちゃってさ……」

「じゃあ別の日は？　俺、駅前にできた新しい店に行ってみたいんだよね。ほら、この塩ラーメン、めっちゃうまそうじゃん？」

青木はポケットからスマホを取り出すと、ＳＮＳで見つけたラーメンの画像を開いて岡野に身を寄せた。

途端、岡野はテキストを盾のように掲（かか）げて青木を避ける。

「俺はそういう趣味ないからっ」

意味がわからず、青木はぽかんとした。すると岡野はばつが悪そうな顔で、

「……いやさー、この間、見ちゃったんだ……。お前らが歩道橋で手をつないでんの……」

その視線は青木を捉えることなく、テーブルの辺りをうろうろと彷徨（さまよ）った。

「俺、想太がそうとか知らずに気軽に誘っちゃって……。だから悪いけど、二人で飯食うとかはなしで……。あっ、もちろん誰にも言わないからさ」

岡野はぎこちなく笑う。どう反応すればいいかわからず、青木は同じような笑みを返した。

……だって、しょうがない。岡野の反応は普通の……普通のことだ。

「……うん、ありがとう。ちゃんと言ってなくて、ごめん」

口をついて出た言葉が空虚に響く。

ありがとう？　ごめん？

一体俺は、何にお礼を言って、何に謝っているんだろう。


放課後の教室に、パチンパチンとホッチキスの音が響く。

日直として担任から保護者会の資料作りを命じられた青木は、手伝いを申し出てくれた井田と相多、橋下さんとともに机を囲んでいた。

はぁー、とため息をついて揃えた資料をパチン。ため息をついてまたパチン。のろのろと同じ動作を繰り返していると、隣に座る井田が口を開いた。

「青木、何かあっただろ」

「え……」

案じ顔の井田を見返す。どうして気づいてくれたのだろう。もしかしてこれは……愛の力？

とくんと胸をときめかせると、向かいに座る相多がすかさず、

「ホッチキス留めるたびにため息ついてんだから、誰でも気づくわ」

マジで？　と青木は頭に手をやる。完全に無意識だった。

「で、どーしたよ」

相多に問われ、青木は「あー……」とホッチキスをいじくりまわした。聞いてほしい気持ちはあるが、聞かせたくない気もする。

「話してよ、青木くん」

橋下さんに優しく促され、青木の気持ちは傾いた。なるべく深刻に聞こえないよう、あえて明るい口調で話す。

「別に大したことじゃないんだけど、井田と手つないでるところ、塾の先生に見られてさ。なんかそれで嫌われちゃったみたいなんだよねー」

願いとは裏腹に、ズシンッ、と空気が重くなった。青木は慌てて言葉をつなぐ。

「で、でさでさ、ラーメン行く約束、やっぱなしだって。奢ってもらえるチャンスだったのに、ほんとついてねーの！」

おちゃらけて言ってみたが、場を明るくすることはできなかった。橋下さんがガタリと椅子を揺らして立ち上がる。

「……何、その先生。むかつく」

橋下さんの背後にゴォッ、と黒い影が立ち昇った。ちょんまげを結わえたその影は、恰幅の良い体で四股を踏む。ドンッ、と低い地響きが聞こえた気がした。

「橋下さん、落ち着いて。内なる力士を目覚めさせない」

どうどうと橋下さんを宥めた相多は、青木に向き直ると胸を張り、

「気にすんなって。どうせテキトーに言ってる系だろ。なぜなら俺がそうだったから！」

「そこ、威張るとこか！」

「おー、説得力がレベチだろ」

妙に誇らしげな相多の表情に、思わず「なんだよ、それ」と笑いがこぼれる。

青木のために怒ってくれる橋下さんに、青木の心を軽くしようとしてくれる相多。友人二人の対照的な反応が、沈んでいた気持ちを上向かせてくれた。

が、橋下さんの怒りは治まらないようだ。スマホを取り出すと、「相談フォームにクレーム入れてやる」と、塾のホームページを開く。

「んもー、モンペみたいなことするなよ」

相多の言葉に、橋下さんは頰を膨らませる。

「モンペじゃない！　私は青木くんを心配してるの！」

「塾で騒ぎになったら困るのは青木だろ。つーか、青木。そんな塾辞めちゃえば？」

「なんで青木くんが辞めるの!?　辞めるべきなのはその先生でしょ！」

橋下さんに肩を揺さぶられ、相多が目を回す。

ど、どうしよう。俺の方向性で争いが……。

オロオロと二人の諍いを止められずにいると、井田が立ち上がった。いつの間にか完成させた資料を小脇に抱えている。

「全部できたぞ。早く先生に渡してこよう」

「お、悪い。——橋下さん、あっくん、ほどほどに頼むな」

それでも言い合いを続ける相多と橋下さんをその場に残し、青木は井田と教室を出た。

「井田。手伝ってくれてありがとな。部活があるのに」

「おう。青木は今日も塾に行くのか？」

青木はうなずく。授業はない日だが、自習室には行くつもりである。

「なんか自分の部屋より自習室のほうが、集中できる気がするんだよなー」

岡野と顔を合わせるかもしれないが、せっかく身に付き始めた勉強の習慣を変えたくはない。きっと岡野は割り切った対応をするだろうから、自分もそうすればいいだけだ。

不意に井田が足を止めた。自分を見つめる視線の真剣さに、青木はどきりとする。

「な、なんだよ？」

「俺が話しに行くか？　その岡野ってやつに」

「話ってなんの？」

「その人、自分がどれだけ青木を傷つけたかさえわかってないだろ。きちんと話さなくていいのか？」

「いいよ、そんなの！」

　青木はブンブンと首を横に振った。どうやら余計な心配をかけてしまったようだ。

「大したことじゃないし、もう丸く収まったから！」

「青木が凹んでるなら、大したことだし、丸く収まってもない」

　きっぱりと言い切られ、じわりと目の奥が熱くなった。

　そう思ってもいいのか。——いいに決まってる。だって俺は、俺たちは、悪いことなんて一つもしていない。

「青木はどうしたい？」

　尋ねられ、口をついて出た言葉は——。

「ラーメン……」

　岡野くんの言うことなんて、気にすることはない。

　あっくんに橋下さん、そして井田……。俺は俺の気持ちを大事にしてくれる人を大事にすればいい。

「俺は井田とラーメンが食べたい。岡野くんなんか、こっちからお断りだ」

　べぇっ、と舌を出してそう言うと、井田は表情を和らげた。

「今日、部活が終わったら二人で食いに行こう。約束な」

△△△

「それじゃあ今日の授業はこれでおしまい。引っかかった問題、次までにしっかり復習しとけよ。頻出だからな」

テキストを閉じながらそう伝えると、受け持ちの男子生徒は「はい。ありがとうございました」と頭を下げた。

「じゃあな。気をつけて帰れよ」

学習室を出た岡野は、ふぅ、と息を吐いて凝り固まった肩を回した。担当する授業はもうない。事務仕事を片付ければ、今日の仕事は終わりだ。

さっさと帰ろう。事務室に向かおうとすると、自習室の扉が開き、青木が出てきた。

岡野はとっさに営業スマイルを作り上げる。

「おー、想太。自習に来てたのか。お疲れ様」

「あ……うん。さよなら」

青木は顔を伏せて去っていく。その寂しげな背中を見送り、岡野は肩をすくめた。

青木は素直で努力家だ。生徒として可愛いとは思うものの、妙な好意を抱かれるのは困る。

距離は保っておくのがお互いのためだろう。

仕事を終え、岡野は駅へと向かった。翌日の授業の構成を考えながら歩いていると、数十メートル先に男と連れ立って歩く青木の姿が見えた。

先日歩道橋で見かけた男とデートでもしているのかと思ったが、どうやら違うようだ。

歩道橋の男は長身で若く見えたが、今青木の隣にいるのは、仕事帰りのサラリーマンといったような風情（ふぜい）の中年の男で、背も高くはない。

父親だろうか。それにしては二人の様子が妙によそよそしいような……。青木はキョロキョロと周囲を気にしているし、男のほうはスマホにじっと視線を落としている。

まさか、血のつながらないパパとかいうヤツではないだろうな……？

そんなわけないと思いながらも不安がぬぐえず、岡野はこそこそと二人の後をつけた。

二人が向かったのはネオンが怪しく輝く繁華街（はんかがい）だった。青木がビジネスホテルを指差すと、男はこくりとうなずき、ジャケットの内ポケットに手を入れた。

取り出されたのはクリップで束ねた万札だった。男はそこから無造作（むぞうさ）に引き抜いた数枚を青木に差し出す。

カッと頭に血が上った。自分は青木という人間のことを、とことんわかっていなかったらしい。

岡野は肩をいからせ、二人に駆け寄った。

「金なんていりませんよ！」

青木は押し付けられた万札から身を引いた。ただ道案内をしただけなのに、こんな大金受け取れるわけがない。

しかし男はあきらめない。「心ばかりのお礼ですから」と、青木の手にどうにか金を握らせようとする。

「本当にいらないですって！」

「そんなこと言わずに受け取って！　さぁ、さぁっ！」

男がずいと青木に迫った。その時、突然岡野が現れ、男の肩に手を置いた。

「そいつ、未成年なんで。警察、呼びますよ」

低い声で岡野は言う。

警察？　なんで？

男とともに首をひねった青木の腕を、岡野ががしりとつかんだ。

「ぼけっとすんな！　行くぞ！」

強い力で引っ張られ、青木は困惑のまま駆け出した。

路地を抜けて大通りに飛び出す。駅前に辿り着くと、岡野はやっと足を止め青木の腕を離した。二人は揃って、はぁ、はぁ、と息を切らす。

「……あの、岡野くん……」

きっと岡野は青木がトラブルに巻き込まれていると思い、助けようとしてくれたのだろう。それならばと礼を言おうとすると、きつい視線にぶつかった。

「もっと自分のこと大事にしろよ！　そういうことして金もらうとか、マジでありえねーから！」

「……は？」

「今後一切やめろ。ったく、嫌なとこに遭遇しちまったわ」

岡野はいら立ちも露わに乱れた髪をかき上げた。

自分がどういう誤解を受けているのかを察し、青木は体を強張らせる。

「違う。俺はただ……道案内をしただけで……」

舌がもつれて、うまく話せない。へぇー、と岡野は嫌みっぽくつぶやくと、

「道案内ね。昨日の歩道橋のやつも道案内？」

青木はぎゅっと唇を引き結んだ。別にこの人に何かをわかってもらう必要なんてない。

でも――。

「なんでそうなるんだよ！　俺は井田が好きなんだ！　誰でもいいわけじゃない！」

　こぶしを握って叫ぶ。井田との関係をそんなふうに捉えられるのは、我慢ならない。

「俺ら付き合ってんだよ！　手ぐらいつないだっていいだろ！」

　青木は唇を嚙んだ。悔しいやら悲しいやらで、目に涙が浮かんでくる。

「……俺は岡野くんが相談のってくれてうれしかったよ。初めてできた先輩っつーか、なんか兄ちゃんみたいで……」

「し、しょうがないだろ。俺、そっちの世界のことは知らないし……」

　顔を背けた岡野から、青木は目を逸らさない。逸らしてはいけないと思う。これはきっと、自分の気持ちを守るための戦いだから。

「そーやって線引きされたくない。俺が井田を好きなのは、岡野くんが誰かを好きになる気持ちとなんも変わらないよ」

　きっぱりと伝えると、岡野ははっとしたように青木を見返した。

「……想太、俺は……」

　岡野は思いあぐねた様子でうつむき、口をつぐむ。

　青木は大きく息を吐いた。すっきりとは程遠い気分だが、言いたいことを言えただけでよしとすべきだろう。

「それだけだから。じゃあ」

青木はくるりと踵を返す。すると、目の前に井田がいた。

「井田!? いつからそこに?」

飛び上がって聞くと、井田は淡々と、

「俺は井田が好きなんだ！ の辺りからだな」

青木は顔を真っ赤にした。——だったら声ぐらいかけてくれ！

「もう話は終わったから。早くラーメン行こうぜ」

気を張ったせいか腹が減った。青木が腕を引くと、井田は一歩岡野に歩み寄り、

「一緒に行きませんか？」

「おいっ！」

あまりのズレっぷりに青木が目をむくと、井田は「だって青木、この人とラーメン行くの楽しみにしていただろ」と答えた。

青木は眉間を押さえた。そういう雰囲気じゃないのはわかるだろう。「俺は井田が好きなんだ！」から聞いていたなら。大体、岡野くんが一緒に来るわけ……。

「行く！」

思い切ったように言った岡野は、ひたと懇願するように青木を見つめる。

「奢るから、一緒に行かせてくれ」

注文を聞き終え、店員がテーブルから離れた。向かい合って座る青木と岡野の間に、気まずい空気が漂う。

なんで井田、岡野くんのこと誘っちゃった？　なんで岡野くんもついてきた？

この状況でおいしくラーメンを食べられるわけがない。隣に座る井田をにらむと、井田はすくりと立ち上がる。

「どこへ行くんだ？」

焦って尋ねると、井田は「手、洗ってくる」と洗面所に向かった。

衛生観念がきちんとしていて素晴らしいが、もう少し空気を読んでほしい。頭を抱えていると、岡野に「想太」と呼びかけられる。

「……悪かった」

岡野は深々と頭を下げたまま続ける。

「初めてのことでなんていうか……混乱した。急に想太のことがわからなくなって……。でも、それは違うって気づいた。想太は何も変わっていない。変わったのは俺の見方だ。俺が曇った目でお前を見たんだ」

岡野の声は震えていた。その頼りない様子に、岡野も自分とそう変わりない歳(とし)なのだと思い出す。

「なんにせよ、想太を傷つけていい理由なんてあるわけがない。……本当に申し訳なかった」

「……餃子(ギョーザ)も頼んでいい？」

そう聞くと、岡野はぱっと顔を上げた。

「も、もちろんっ。チャーシューも追加するか？」

「井田の分も？」

「おう。好きなもの好きなだけ頼め！」

岡野はいそいそと青木の前にメニューを広げた。

岡野の価値観がここで急変したとは思わない。それでも謝罪は心からのものだと思うし、歩み寄ろうとしてくれるその気持ちは、受け入れたい。

「俺、もう怒ってないよ」

青木は肩から力を抜き、そう伝える。

「助けようとしてくれたのは、ありがとう。とんでもない誤解だったけど」

「す、すまん……」

恥じ入った様子で頭をかく岡野を、青木は頬杖(ほおづえ)をついてじーっと眺めた。

「つーか岡野くん、思い込みが激しすぎ。自意識過剰(かじょう)だし」

「しかたないだろ。俺、かなりモテるんだよ。この間も同級生に告白されたし……」

「本当？　こんな偏見ヤバ男なのに？」

にやりと笑って言うと、岡野は「その呼び方はやめてくれ」と顔を覆った。そこへ井田が戻ってくる。

「井田。餃子とから揚げも頼んじゃおうぜ。チャーシューもトッピングして、あっ、チャーハンもいっちゃう？　岡野くんが好きなだけ注文していいって」

メニューを指しながらそう言うと、井田が微笑む。

「よかったな」

その笑みで、青木はやっと気づく。

井田は自分と岡野の仲を修復するために、岡野を誘ったのだと。


「ごめん……。ごめんなぁ、想太……」

井田に背負われた岡野は、赤い顔でぐずぐずと鼻を鳴らした。「もうわかったから」と青木が宥めると、うぅっとむせび泣き、

「塾、続けてくれるか？　まだ俺の生徒でいてくれるかぁ？」

「だから大丈夫だって！　岡野くん、飲みすぎだよ」

罪の意識からか、ラーメン店でビールを散々に飲んだ岡野は酩酊した。なんとか会計は自分の足で歩いて済ませたものの、店を出た途端に崩れ落ち、井田におぶわれた次第だ。

「そぉたー……」

井田の肩にがくりと顔をうずめた岡野は、そのままぐぅー、と寝息を立て始めた。

青木はため息をつく。パーフェクトだった岡野のイメージがどんどん崩れていく。――まぁ、それが嫌だとは思わないけれど。

「悪いな、井田。重いだろ。代わるか？」

平気だ、と答える井田の足取りは確かにしっかりとしている。運動部で鍛えているだけあってさすがに体力がある。

「あのさ、ありがとな。岡野くんのこと誘ってくれて」

隣に並んでそう言うと、井田は「うん」とうなずいた。

「あと、岡野くんに話しに行くって言ってくれたのも、嬉しかった」

「……そうか」

軽く笑んだ井田は、ずり下がった岡野の体を背負い直すと、ぼそりとつぶやく。

「やっぱ酔っぱらいは重いな。あの辺に置いてくか」

その視線は路地にあるゴミ捨て場に向いていた。不似合いなブラック発言に青木が驚くと、井田は「なんてな」と肩をすくめる。

「俺もちょっと腹立ってたから」

「え……」

井田が腹を立てるなんて珍しい。驚くとともに、うれしさも感じた。

岡野と真正面から向き合えたのは、井田のおかげだ。それに橋下さんと、相多も。

みんながそれぞれのやり方で、青木の心を守ろうとしてくれた。それを思うと勇気は自然と湧いた。

「なんかさ、しょうがないって思わなくなったんだ。井田たちが励ましたりしてくれたり、俺のために怒ったりしてくれたから」

この先、こういうことがまたあったとしても自分はへこたれない。絶対の味方がいるとわかっているから。

青木の顔を井田が見つめた。「なんだよ」と聞くと、井田は頬を緩めて、

「青木、かっこよかったぞ」

「なっ……」

だから、そういう不意打ちはやめてくれって！

ドキドキと鼓動を大きくしながら井田の隣を歩く。

冬の夜の帰り道、ラーメンと井田の言葉で、青木の体はいつまでもポカポカと温かかった。

3

帰り道。青木は鞄からラッピングされたカップケーキを取り出すと、隣を歩く井田に「はい」と差し出した。

「これ、橋下さんから。帰り際、井田に渡してくれって頼まれたんだ」

今日は二月十四日、バレンタインだ。橋下さんは青木にもカップケーキをくれた。いつもありがとう、という愛らしいメッセージカードつきで。

「おぉ。後でお礼、言っておくな。うまそうだ」

井田は受け取ったカップケーキをしげしげと眺めた。自分が作ったわけでもないのに、青木は「めっちゃうまいぞ」と胸を張る。

「バレンタインにもらったチョコって、やっぱ特別感があるよな。まぁ友チョコなんだけど。その点、あっくんはいいよなー」

今年こそは絶対に相多くんに渡す、と橋下さんは意気込んでいた。放課後に呼び出すと言っていたから、きっと今ごろ二人で甘い時間を過ごしていることだろう。

「本命チョコ……。夢があるよな。男のロマンだ……」

しみじみ言うと、井田が「ほら」と何かの角で頰を突いてきた。

「いてっ。何すんだよ」

のけようとした井田の手には、この時期コマーシャルでよく見る、赤いパッケージの板チョコが握られていた。

「やるよ」

「マジで!? さんきゅー!」

生まれて初めてもらった本命チョコを抱きしめた青木は、はっとした。付き合っているのだから自分だって井田にチョコをあげてもいいはずだ。だがそんなこと、思いつきもしなかった。

「ごめんっ。俺、チョコ用意してない。お返しは頑張るから!」

「いいよ。コンビニで買ったやつだし」

「それでも嬉しいよ」

少しずつ大切に食べよう。チョコを抱いたまま青木はムフフと笑う。

クリスマスに正月、そしてバレンタイン。思えば自分たちは、各種イベントを着実に

──一部に混乱はあったとしても──こなしているではないか。あと残っているイベントといえば……あれぐらいだ。

「井田の誕生日って、いつ？」

そう尋ねると、「三月八日」との答えが返ってくる。

「マジか！　あと一か月もないじゃん。つーか、俺のほぼ一個下……」

青木は四月十日生まれなので、とっくに十七歳を迎えている。

にんまりと口元に笑みが浮かんだ。まだ十六歳なのだと思うと、自分より背が高く落ち着きもある男が、途端に可愛く見えてくる。

「おいおい、まだ十六歳だったのかよ。道理で俺のほうが大人なわけだ」

「そんな変わらないだろ」

井田がふてくされた。その反応も子供みたいで可愛い。

「そーか、そーか。もうすぐ誕生日か」

もちろん祝うつもりだ。誕生日といえばケーキ、そしてプレゼントだが、ここに問題が一つある。──青木の持ち金だ。

先月、新作のゲームを買ったばかりでプレゼントを買う予算がまったくない。

どうしよう。いっそゲームを売るか？

考えを巡らせた青木の頭に、あるひらめきが生まれた。

回転寿司すしごろー。

背にそう書かれた法被(はっぴ)風の制服に袖(そで)を通した青木は、ビシッと襟元(えりもと)を正して、更衣室を出た。ホールに向かうと、店長とスタッフが向き合い朝礼をしている。

「青木くん、こっちへ」

店長に手招かれ、青木はその隣に立った。自己紹介をするよう求められ、居並ぶ先輩スタッフにがばりと頭を下げる。

「新人の青木です！　よろしくお願いします！」

短期のアルバイトをして金を貯める。その金でいかしたプレゼントを買う。そして誕生日当日、井田を呼び出しサプラーイズッ！

これが青木のひらめいた策である。井田はさぞかし喜ぶだろう。きっと自分への評価もうなぎ上りだ。

最初は姉夫婦が営(いとな)むパティスリーで働かせてもらおうと考えていたのだが、今は十分人が足りているとのことだった。それならと求人サイトをのぞいてみると、学校近くのすしごろーが短期可のアルバイトの募集を出していたため、試しに応募してみたところ、とんとん拍子に採用が決まった。

「それではみなさん、本日も頑張りましょう」

店長の呼びかけに「はい！」と答えたスタッフたちは、それぞれ仕事に取りかかった。

店長は青木を長い髪を一つにくくった女性スタッフのもとへ連れていく。

「青木くん、こちらはバイトリーダーの西園寺さん」

大学生ぐらいだろうか。キリッとした感じの女の人だ。バイトリーダーだけあって、仕事ができそうなオーラを漂わせている。

「西園寺さん、青木くんに色々教えてあげて。——青木くん。大変だと思うけど、ゆっくり覚えてくれたらいいからね」

温和な笑みを向けられ、青木は「はいっ」と背筋を伸ばした。店長が去り、青木は西園寺に頭を下げる。

「よろしくお願いします」

「よろしく。まずはテーブルセットから。ついてきて」

早足にホールを進む西園寺は、追いかける青木をちらりと振り返ると、

「アルバイトは初めて？」

「姉のパティスリーの手伝いはしたことがあります。でも、本格的なのは初めてです」

「なんでここを選んだの？　地味にキツイわよ、この仕事」

「学校から近いし、まかないもつくって話なんで。確かに寿司チェーンのバイトは大変だ

っていう口コミがあったんで不安だったんですけど、店長が優しそうでほっとしました」

「……優しい？」

声を低くした西園寺は、フンッと鼻を鳴らした。

「あれはね、甘いっていうの。あの人、ボヤボヤしてて統率力が全然ないんだから」

辛辣な物言いに青木は「え？」と戸惑う。足を止めた西園寺は、ツンと顎を上げ値踏みするような視線を青木に向けた。

「私は店長と違って厳しいわよ。新人だからって容赦しないから、覚悟してね」


「お疲れ様でしたぁー」

青木はふらつく足取りで店の裏口を出た。慣れない長時間の立ち仕事に、体のみならず心も疲れ切っている。

初日の仕事ぶりは散々な有様だった。皿を落とし、ドリンクを届ける先を間違え、こぼれた醤油に足を滑らせ転んだ挙句、熱々の茶わん蒸しを自分の頭にぶちまけもした。

俺って使えねーやつなのかも……。

テキパキと自分の仕事をこなしつつ、青木のフォローまで請け負っていた西園寺とは大違いだ。己の不器用さにがっくりとうなだれていると、「お疲れ」と西園寺が背後から声をかけてきた。

「お疲れ様です……」

答えた青木は「あっ」と目を丸くした。西園寺が着ているのは青木と同じ東ヶ岡高校の制服だ。

「西園寺さん、東ヶ岡っすか？」

「今気づいたの？　私、学年集会であんた見たことあるわよ」

「えっ、同学年？」

「何？　老けてるって言いたいの？」

驚く青木を西園寺はじとりとにらむ。

「いえいえっ。大人っぽいなぁーと。――そうだ。月曜、シフト一緒ですよね。またよろしくお願いします」

慌てて話題を変えると、西園寺は「ふぅん」と腕を組み、しげしげと青木を眺めた。

「てっきり今日で音を上げて辞めるかと思ってた。かなりきつめにしごいたし」

「そこまでヤワじゃないっすよ」

確かに西園寺には何度も叱り飛ばされた。しかし、自分には井田にプレゼントを買うという大いなる目的があるのだ。ちょっとやそっとの苦労でへこたれるつもりはない。

「俺、次はもっとしっかりやりますんで、どんどん仕事任せてください」

そう力こぶを作ってみせると、西園寺は少し表情を柔らかくして、

「意外に骨あるじゃん」

デキる人に褒められるのはうれしい。青木は「ありがとうございます！」と声を弾ませた。

昼休みの屋上。青木から寿司店でバイトを始めたと聞かされた井田は、「えっ」と驚きの声を上げた。聞けば、先日の休日に初出勤を果たしたそうだ。

「大変じゃないか？　塾に加えてバイトまで」

「大変だけど、どうしても金を貯めたくてさ。だからしばらくの間、放課後も休みも遊べなくなる。悪いな」

「それはいいけど……」

何かほしいものでもあるのだろうが、少し心配だ。青木は努力家だが、あれもこれもといろんなことを同時に進めるのは、苦手のように思える。無理して体を壊さないだろうか。

そんな井田の不安をよそに、青木はいきいきと語る。

「店長はおっとりしていて優しい感じ。で、偶然なんだけどさ。バイトリーダーが同級生

なんだ。三組の西園寺さんっていう女子、知ってる？　髪が長くてキリッとした感じの人」

「いや、知らないな」

三組なら幼馴染み（おさななじみ）の豊田（とよだ）と同じクラスだが、初めて聞く名だ。

「西園寺さんってすげーんだぜ。テキパキしてて、仕事カンペキ。レジ操作もめっちゃ速い。ちょっと厳しい感じもするんだけど、仕事はきっちり教えてくれるし、俺のことよく見てフォローもしてくれるんだ」

青木はその西園寺とやらのことを相当尊敬しているらしく、キラキラと目を輝かせた。

「俺たちと同じ学年なのに、ずいぶんしっかりした人なんだな」

「そうなんだよ！　俺、そんな人に骨があるって褒められちゃった」

うれしげな青木の笑みにつられて、井田も「よかったな」と微笑（ほほえ）む。

ともかく青木が楽しいのなら、それでいいだろう。

昼食を終え、二人は屋上を出た。教室に戻る途中、青木は「あっ」と声を上げ、前方にいた髪の長い女子生徒の姿を示した。

「ほら、井田。あの人が西園寺さんだよ。――西園寺さーん」

青木がブンブンと手を振ると、西園寺は慌てた様子でこちらに近づいてきた。

「ちょっと、大きな声で呼ばないでよ。恥ずかしいでしょ」

ピシャリと言われ、青木は「すんません」と頭をかいた。すでにしっかり上下関係ができているようだ。

「まぁいいわ。今、あんたに会いに七組へ行こうとしてたの。これ」

西園寺はメモ帳を青木に渡した。横からのぞいてみると、ホール作業の一連の流れや、調味料の配置図などが書き込まれている。

「え、これ、俺のためにまとめてくれたんですか？」

「さっさと覚えてくれなきゃ、いつまでたってもあたしの仕事が減らないからね」

ツン、と顎を反らした西園寺を、青木は感激のまなざしで見つめた。

「西園寺さんって、優しいなー」

てらいのない言葉に、西園寺はカッと顔を赤らめる。

「別にお店のためにやってるだけで、あんたのためじゃないんだからねっ！」

しかし青木は追撃を緩(ゆる)めない。「だとしてもありがとう！」と邪気のない笑顔を浮かべ、西園寺を閉口させた。

井田には西園寺の気持ちが少しわかった。青木は基本的に感情が言葉や顔にそのまま出るから、そのあまりに素直な反応にこちらは面食らう時があるのだ。

「あ、そうだ。俺、仕事のことで聞きたいことがあって……」

井田に目を向けた青木は、「井田、ごめん」と片手を上げた。

「先に教室戻ってくれ。俺、少し西園寺さんと話していくから」

おう、と歩き出した井田は、なぜだか後ろ髪を引かれるような気がして、背後を振り返った。

しかし西園寺と熱心にメモを確認する青木が、井田の視線に気づくことはなかった。


「やったー！　勝ったぞ！」

日曜日。近くの高校を招いて行った練習試合は、三対二で東ヶ岡高校が勝利した。強豪とはまるで言えず、なる気もあまりない東ヶ岡バレー部だが、試合に勝てば気分は上がる。対戦校を見送って部室に引っ込んだ部員たちは、ワイワイと肩を組んで喜びを分かち合った。

「井田、絶好調だったな」

「武地もナイスフォロー。助かった」

井田は武地の背を軽くたたいてロッカーを開けた。スマホを確認すると、青木からメッセージが届いている。

『練習試合頑張れ！　俺もバイト頑張る』

就業前に送ってくれたのだろう。すしごろーの制服を着て右往左往する青木の姿が頭に浮かび、自然と笑みが浮かんだ。

『勝ったぞ。応援ありがとう』

そう返信するが既読はつかない。仕事中だから当然とはいえ、少し寂しい気もした。息をついて着替えようとしたところ、部長が声をかけてくる。

「井田。今日の打ち上げの店、どこがいい？」

「俺が決めていいのか？」

「あぁ。ちょっと早いけど、井田の誕生日パーティーも兼ねるってことで」

「それなら……」

決断は早かった。井田はきっぱりと答える。

「寿司がいい」


すしごろーの暖簾(のれん)をくぐる。「いらっしゃいませ！」といの一番に声を上げた青木は、続々と入店するバレー部の面々に驚いた顔をした。

「あれ、バレー部じゃん！」

「おう、青木。真面目(まじめ)にやってるか？」

武地の言葉に、青木は「なんだよ。冷やかしかぁ？」と不服そうにした。「いやいや」

と豊田が前に出る。

「練習試合の打ち上げ兼、ちょっと早いけど井田の誕パ。おじゃまするよ」

「あー、そういうこと。それじゃあこちらへどうぞ」

井田たちをテーブルに案内した青木は、「ごゆっくりどうぞ」と頭を下げると、隣のテーブルの片づけに取りかかった。使用済みの皿を手早くトレーにのせ、調味料を迷うことなく並べ直す。

「……何見てんだよ」

視線を感じたらしく、青木が振り返った。井田は偽りのない感想を述べる。

「え、そうか？　だろ？」

「サマになってると思って」

青木は得意満面でポーズを決めた。そこへ西園寺がつかつかと歩み寄り、

「私語禁止。口じゃなくて、手を動かす」

ぴしゃりと叱られた青木は、「はいっ」と慌ててテーブルを拭き始めた。しかし完全に悪ノリした武地と市井に、「怒られてやんの」「ちゃんと働けよぉー」と囃し立てられ、堪らずというように言い返す。

「うるせーぞ。ちゃんとお行儀よくしてろっ」

「だから私語禁止です。あなたたちも青木のこと、からかわないでくれる？」

冷えた視線を向けられ、三人は揃って「ごめんなさーい」と消沈した。

「さっさと行くわよ」

西園寺はトレーを持ち上げるが、かなりの重さだったらしく、少し足元がふらついた。

青木はすかさずトレーを取り、

「これは俺が持っていくんで、西園寺さんは布巾と除菌スプレーよろしく」

「……ありがと」

厨房へ向かう二人の背を見送り、武地がにやりと笑った。

「……なんかいい感じじゃない？　あの二人。もしかして、一緒に働く内に恋が芽生えてたりして？」

「いやいや」

と、市井がひらひらと手を振った。

「それはないだろー。あの青木だぜ？」

「でもさ、相性は良さそうじゃん。おっちょこちょいで子供っぽい青木と、しっかり者の西園寺って」

武地と市井は、一年の時に西園寺と同じクラスだったそうだ。二人の会話を聞きながら、井田はじっと考え込む。

青木はいいやつだ。一緒に働けばきっと、そのひたむきさや優しさは伝わるだろう。

惹かれるのは自分だけではない。その可能性に思い至り、胸の辺りが妙にもやっとした。

「……浩介。なんか注文する？」

何かを察したらしい豊田が、井田にタッチパネルを差し出した。幼馴染みの豊田は、井田と青木の関係を知る数少ない人物だ。

食欲が湧かず、ぼんやりとメニュー画面を眺めていると、青木と西園寺がホールに戻ってきた。

二人はカウンターに並んだ。どうやらレジ操作の指導中らしい。青木は熱心にメモを取りながら西園寺の話を聞いている。

ふと西園寺がレーンの出入り口辺りを指差し、内緒話をするかのように青木の耳に顔を寄せた。

一体何を話したのだろうか。ふっ、と同時に表情を緩めた二人は、くすくすと忍び笑いをもらした。

ぶわっと胸のもやが一気に広がった。気づいた時には手がタッチパネルの会計ボタンを押していて、ピンポーンと呼び出し音が響き渡った。

「井田、急にどうした？」

友人たちが怪訝そうにした。そこへ端末を手に青木がやってくる。

「どうした？　まだ何も食べてないだろ？」

　そう言われても井田自身にも理由がわからない。「悪い。つい……」と答えると、青木はあきれて、

「ついってなんだ。いたずらで押すなよ。……ってか井田、なんか変?」

　青木は心配そうに井田の顔をのぞくと、

「様子がいつもと違うっていうか……なんか表情固くね?」

「あ、あぁ。なんか胸の辺りに違和感があって……」

「え、大丈夫か?　打ち上げやめにして帰るか?」

　豊田に聞かれ、井田は首を横に振る。

「いや、平気だ。体調が悪いわけじゃない」

「それじゃあ無理しないで、茶碗蒸(ちゃわんむ)しとかうどんとか、消化が良さそうなもの食べろよ」

　青木はそう言うと、急ぎ足で西園寺のもとへ戻っていった。


「ちょっと待て、井田」

　会計を済ませて店を出ようとすると、青木に呼び止められた。もうすぐバイトが終わるので一緒に帰らないかと誘われる。

「俺、胃薬持ってるからやるよ。裏口で待っててくれ」

「お、おう。わかった」

井田は事情を友人たちに説明し、店の裏口に回った。扉の横にずるりと屈み込み、まだ重苦しい感じがする胸を押さえる。

今日の自分は何かがおかしい。胸をさすりながら待っていると、扉が開いて青木が姿を見せた。が、まだ制服を着たままである。

「悪い。残業になった」

遅番の従業員が急に休むことになり、人手が足りなくなったそうだ。井田は残念さを隠して立ち上がる。

「わかった。俺のことは気にするな」

「誘っておいて、ほんとにごめんな。これ、胃薬」

心底申し訳なさそうに言った青木は、井田に薬を手渡した。その時、裏口に西園寺がやってくる。

「青木。早くホールに戻って。一気に混んできた」

連行されるように腕を引っ張られた青木は、井田を振り返った。

「薬、ちゃんと飲めよ。またな」

裏口の扉がバタンと閉じられた。

井田は胃薬を口に運ぶ。水がないまま飲み込んだ錠剤(じょうざい)は、いつまでも舌に苦みを残し続けた。

◇◇◇

勤務終了後、着替えを済ませた青木は、「失礼します」と事務室へ入った。笑顔で青木を迎えた店長が、白い封筒を差し出す。給料袋だ。

「青木くん。今までどうもお疲れ様でした」

「ありがとうございますっ！」

青木は腰を折り、短期アルバイトとして勤めた二週間あまりの努力の結晶を押し頂いた。これで井田への誕生日プレゼントが買える。

「店長、今まで本当にお世話になりました」

今日で青木の契約は終了だ。役に立てたか自信はなかったが、店長は「忙しい時期に来てくれて助かったよ」と優しく言ってくれた。

「それじゃあお先に失礼します。さようなら」

裏口を出た青木は、先を歩く西園寺の背中を見つけた。追いかけて「お疲れ様っす」と声をかけると、西園寺は青木を横目で見て、

「お疲れ様。バイト、今日で終わりなんだってね」

「はい。ほんと西園寺さんにはお世話になりっぱなしで……。ありがとうございました！」

深々と頭を下げると、大きなため息が返ってきた。

「せっかく仕事を教えたのに、こんなにすぐ辞められるなんて……。苦労が水の泡だわ」

「ご、ごめんなさい……」

確かにその通りだ。青木が縮こまると、西園寺は腰に手を当て、

「まぁこれは青木じゃなくて店長の責任よね。長期で働ける人、もっとしっかり探してくれないとこっちが困る。だいたい店長は甘すぎるのよ。この間だって遅刻したやつを叱りもせずにヘラヘラ許して……」

そこからは店長に対する愚痴のオンパレードだった。頼りない、弱気、ものをはっきり言わない、生真面目すぎる、店のためにと頑張りすぎる……。青木にとっては温厚な良い上司だったが、バイトリーダーともなれば思うことがあるのだろう。西園寺は過去様々な店長甘すぎエピソードの詳細を熱心に語った。

「あー、昔のこと思い出したら、また腹が立ってきた」

西園寺はぐしゃりと自分の髪を乱した。青木はおずおずと口を挟む。

「そんなにストレスならバイト変えたらどうですか？　西園寺さんならどこでもやっていけるでしょ」

「だって店長を一人にしておけないもん」

当然のような口ぶりに、青木はあはは、と笑い声を立てる。

「西園寺さん、店長のこと大好きっすねー」

軽口のつもりだった。「そんなわけないでしょ！」とバッサリ切り返されるつもりでいた。しかし、西園寺は顔を真っ赤にして黙り込む。

「……え　マジで？」

まさかの図星——。動揺する青木の腕を、西園寺は爪が食い込まんばかりの強さでつかんだ。

「誰かに言ったら許さない」

「い、言いませんって！　あの、でも、うまくいくといいですね。俺の見立てだと、結構脈はあると思うな」

「そんなわけないでしょ」

西園寺はきっぱりと言った。しかし青木は「だってだって」と言い募る。

「店長、西園寺さんのことかなり信頼してますよ。前にめちゃくちゃ褒めてましたもん。だらけた雰囲気をビシッと締めてくれるし、人を指導するのがうまいって」

少なくとも好感を抱いているのは間違いないのだ。西園寺の気持ちを知れば、何かが芽生えるかも……。

「店長、来月結婚するのよ」

その小さなつぶやきは、独りよがりの盛り上がりを一瞬のうちにかき消した。顔を青くした青木は、がばっと頭を下げる。

「――す、すみません！　俺、無神経なこと言っちゃって……」

「気にしてないわよ。もうとっくに気持ちの整理はついてるし」

西園寺は肩にかかった長い髪をさらりと払うと、

「婚約者の人、前にお店に来たことがあるの。とっても穏やかで優しい感じの人だった。私とは全然違う」

淡々とした口調に、むしろ寂しさがにじんだような気がした。青木はとっさに言い返す。

「西園寺さんは優しいよ！　素人の俺にいろいろ教えてくれたし、好きな人のためにこんなに頑張って……。誰にも負けないくらい、めちゃくちゃ素敵な人だよ！」

厳しさは真面目さや懸命さの裏返しだ。店長だってそこは絶対わかっている。

鼻息を荒くした青木を見て、西園寺はくすりと笑う。

「ありがと。お世辞だと思わず、素直に受け取っておく。――ねぇ、青木って……」

至近距離からじーっと見つめられ、青木は「な、なんすか？」とまごついた。

「あたしのこと好きなの？」

「すっ!!」

もしや立ててはいけないフラグを立ててしまったか。あわあわとうろたえる青木の姿に、西園寺はプッと噴き出した。

「冗談よ」

楽しげに笑った西園寺は、青木の顔を指差し、

「青木、付き合ってる子いるでしょ？」

「な、なぜそれを……」

「だって休憩のたび、スマホ開いてにやにやしてたじゃない。恋人とメッセージのやり取りしてたんでしょ。バイトしたのもどうせ、その子にプレゼントあげたいとかいう理由じゃない？」

「そ、その通りです……」

俺ってそんなにわかりやすいのか。頭をかく青木を見やり、西園寺は「あー」と不満げな声を上げた。

「もう嫌になっちゃう。どいつもこいつも幸せそうで」

「西園寺さんにも、いい人がすぐに見つかりますって」

「……充実した恋愛をしてる者のナチュラルな上から目線、傷つくわー」

「えっ、いや、そんなつもりは……す、すみませんっ」

ぺこぺこと頭を下げると、西園寺は「そうだ」と何かを思いついたような声を上げた。

「ねぇ、青木。謝罪の気持ちがあるなら、あたしの言うこと聞いてくれる？」

にこりと笑いかけられ、青木は「え……」と口ごもった。

日曜日。井田はバレーシューズを新調しようと、地元のショッピングモールを訪れた。

休日だけあって家族連れやカップルで賑わっている。井田も青木を誘いはしたのだが、今日は予定があると断られた。塾に加えてバイトまで始めた青木は忙しく、休みの日に一緒に遊ぶということは少なくなった。

エスカレータを使って二階へ行く。紳士服エリアを突っ切って目当てのスポーツショップに向かおうとすると、突然、青木の声が聞こえた。

「いや、ピンクより黄色のほうが絶対いい！」

幻聴か？　驚いて辺りを見回すと、ネクタイ売り場に紙袋をぶら下げた青木がいた。その隣には二本のネクタイを比べるように持った西園寺が立っている。

「えー、そうかな？」

西園寺は悩ましげにピンクのネクタイを青木の胸に当てた。続いて黄色を当てると、青木が「ほら！」と声を弾ませる。

「断然こっちっすよ。目立つし、顔色が明るく見える気がする」

鏡を見ながらの熱弁に、西園寺は「確かに」とうなずいた。

「決めた。青木の言う通り、黄色にする」

西園寺が笑み、青木もうれしそうに笑い返す。その瞬間、井田の胸にまた、ぶわっともやが立ち昇った。どよりと濁った、重苦しいもやが――。

不意に青木がこちらを向いた。井田はとっさに歩きだす。

今はなぜか青木と話したくない。自分の存在に気づいてほしくなかった。

しかし、願いとは裏腹に青木は「井田！」と近づいてくる。

「びっくりしたー。すごい偶然だな」

井田の隣に並んだ青木は、無邪気な笑顔を浮かべる。

「買い物行きたいって言ってたけど、お前もここに来てたんだな」

「……いいのか？　西園寺のこと、ほっといて」

「うん。あとは会計するだけだから、もう行っていいって」

「ずいぶん仲良くなったんだな。ネクタイなんて買ってもらうぐらいに」

口調のとげとげしさに誰より井田自身が驚く。やはり最近の自分は変だ。この胸のもやが、何かをおかしくする。

だが、青木はそのとげに気づかなかったらしい。機嫌の良い様子のまま、

「違うって。あのネクタイは俺にじゃなくて、店長にあげるんだよ」

「……店長？」

驚いて聞き返すと、青木はアルバイト先の店長が近々結婚するのだと話した。

「そのお祝いのプレゼントを選びたいんだけど、一人じゃ紳士服店には入りづらいから付き合ってくれって頼まれたんだよ。俺もちょうどここで買いたいものがあったから、一緒に買い物に来たんだ」

「……そういうことか」

気まずく首の裏をかくと、青木はにやりと笑った。

「なんだよー。もしかして、やきもち焼いちゃった？」

肘で腕をぐりぐりと突かれ、井田ははっと胸を押さえた。——そうか。このもやの正体は、それだったのか。

「うん。焼いた」

こくりとうなずくと、青木は「え……」と固まった。自分から言ったわりに、井田の反応が予想外だったらしい。

「青木はどこでも誰とでもうまくやれるんだと思ったら、寂しくて、少し腹も立って……。これがやきもちなんだな」

初めての感覚なのでわからなかった。青木と付き合ってから、知らなかった感情に翻弄されてばかりだ。

「……勘弁してくれ……マジで……」

青木は赤くなった顔を覆(おお)ってプルプルと肩を震わせた。「何が？」と井田が首を傾(かし)げると、青木は「とにかく！」と声を張り、

「バイトは昨日で終わったから安心しろっ。そもそも短期の契約だったし、ほしいものも買えたし」

「そうだったのか。で、何を買ったんだ？」

「それは……」

口ごもった青木は、手に持った紙袋をチラチラと見る。

「言いたくないなら、無理には聞かないが……」

「いや、そうじゃなくて……」

うーん、としばらくの間考え込んだ青木は、「ちょっと早いけどまぁいいか」とつぶやくと、井田にずいと紙袋を差し出した。

「井田、誕生日おめでとう！」

井田は瞬いた。自分の誕生日のことなんて、すっかり忘れていた。

「このためにバイトしてくれたのか……」

「まぁな。ほんとは当日にサプライズで渡したかったけど……なんか寂しい思いさせちゃ

ったみたいだし？　お詫びに早めにやるよ」

「……ありがとう」

井田は紙袋を受け取った。そうとは知らず、バイト先に押しかけて困らせ、早とちりして嫉妬して……。これでは青木に子供扱いされても否定できない。

開けていいかと尋ねると、青木は「もちろん」と答えた。

井田はわくわくと紙袋の中に入っていた包みを取り出した。リボンを解くと、艶のある素材でできた赤い首輪が出てくる。

「一階のペット用品店で見つけたんだ。一目見て、ビビッときてさ。丈夫で濡れにも強い、超高級素材なんだぞ。これつけて、一緒に散歩しような」

青木は満面の笑みでそう言った。

井田は首輪をつけた己と、リードを引く青木の姿を想像した。——駄目だ。色々と障りがありすぎる。でも、青木がそれを望むのなら……。

井田は覚悟を決めた。

「わかった。青木がそうしたいなら、ちゃんと付き合う。でもこれ、俺には少しきついかもしれん」

首輪のベルト穴を確認しながら言うと、青木は「……は？」と素っ頓狂な声を出し、

「お前用なわけないだろ！　豆太郎にだよ！」

「そ、そうか……」

よかった。本当によかった。ほっと胸を撫で下ろすと、青木ははたと顎に手を当て、

「よくよく考えたら、確かにこれじゃあお前じゃなくて豆太郎へのプレゼントだな。……悪い。完全にチョイス間違えた」

肩を落とした青木に、「まさか。すごくうれしいよ」と伝える。

「好きな人が自分の好きなものを大切に思ってくれるのは、すごくうれしい。これ、豆太郎によく似合いそうだ。ありがとうな」

「……そっか。それならいいけど……」

安堵したように笑った青木は、井田の服の裾を軽く引く。

「なぁ、来週も一緒にここへ来ようぜ。誕生日、一緒に過ごしたい」

井田は目を見開いた。まだ誕生日前だというのに、こんなにたくさんのプレゼントをもらっていいのだろうか。

「……うん。俺もだ」

井田は首輪をそっと撫でた。

胸のもやはとっくに晴れ、ただ喜びだけが満ちていた。

4

「橋下さん、ちょっと待って」

放課後。部活に向かおうと廊下に出た橋下さんは、青木に呼び止められた。「どうしたの？」と尋ねると、青木は持っていた紙袋を掲げてみせる。

「バレンタインのお返し。ほら、今日はホワイトデーだからさ」

紙袋には青木の姉夫婦が営むパティスリーのロゴが入っていた。橋下さんは「わーっ！」と目を輝かせる。

「わざわざ用意してくれたの？　ありがとう」

「カップケーキ、今年のもめちゃくちゃおいしかったよ。これ、姉ちゃんの店の新作なんだ。評判良いから食べてみて」

青木は紙袋から淡い水色の箱を取り出し、橋下さんに差し出した。しかし、その笑顔は瞬く間に曇る。

「……あれ？」

リボンでくくられた箱は、強い力で押されたように、中央がぺしゃんとつぶれていた。

「嘘だろ。死守したつもりだったのに……」

頭を抱えた青木の話によると、今日は電車がいつも以上に混んでおり、四方八方から押されたそうだ。

「ごめん。新しいの用意するから、お返しはまたあとで」

「そんな必要ないよ」

橋下さんは紙袋に戻されそうになった箱を取り上げた。「きっと中身は無事だよ」と蓋(ふた)を開けるが、そこにはつぶれて平らになったマカロンが三つ。全然無事ではなかった。

「もはやカラフルな煎餅(せんべい)じゃん」

いつの間にか近くに立っていた相多(あいだ)がそう言った。うっ、と言葉を詰まらせた青木は「やっぱ買い直す！」と箱に手を伸ばす。

橋下さんはその手を避け、箱を胸に抱き寄せた。

「ううん。これがいい」

マカロンでもカラフルな煎餅でも関係ない。大事なのはお返しをくれようとしたその気持ちだ。

——だって青木くんだもん。きっとたくさん悩んでこのマカロンを選んでくれたはず。

「このマカロン、可愛いしとってもおいしそうだよ。ほんとにありがとうね、青木くん」

笑って言うと、青木は「橋下さん……」と声を震わせた。

「井田くんにはもうあげたの？　チョコもらったって言ってたよね？」

「……いや、まだ」

青木は紙袋からミントグリーンの箱を取り出した。案の定、こちらの箱も中央がつぶれている。

「やっぱこっちもカラフル煎餅か……」

消沈する青木を橋下さんは「大丈夫」と励ました。

「井田くんなら、青木くんの気持ちを喜んで受け取ってくれるよ」

「そーそー。どうせ味は変わんないでしょ」

相多の口調は素っ気ない。だが、それも彼なりの励ましなのだと橋下さんは知っている。

「……だよな。井田に渡してくる」

青木は勇気づけられた様子で教室に戻っていった。

開いた扉から中をのぞくと、井田に話しかける青木の姿が見えた。思った通り、井田はへこんだ箱を気にすることなく受け取り、青木は安堵の笑みを浮かべた。

お似合いの二人だなぁ、と橋下さんは目を細めた。微笑ましさと、ほんの少しのうらやましさを込めて。

「まったく、世話のかかる子だよ」

ため息まじりに言った相多の横顔を、ちらりとうかがう。

相多を好きになったのはおよそ二年前、高校入試の時。長い片想いは、修学旅行の時に気持ちを伝えたことで一歩、クリスマスに一緒にケーキを売ったことでさらに一歩前進した気がする。

けれどそれ以来、ずっとその場で足踏みしている状態だ。

先月のバレンタイン、橋下さんが勇気を出して差し出したカップケーキを、相多は「さんきゅー」と受け取った。本命チョコであることはわかっているはずなのに、いつもの軽い調子で。

決して疎(うと)まれてはいない。友達としては仲良くしてもらっている。だから淡い期待を抱いてしまうけれど、相多の気持ちの本当のところは一向に見えてこない。この宙ぶらりんの関係が、いつまで続くのだろうか……。

「橋下さん、どうした？　急に暗い顔して」

相多に顔をのぞき込まれ、橋下さんはどきりとした。

「な、なんでもないっ」

自分にまとわりつく負のオーラをぺっぺと振り払う。――駄目駄目！　弱気はやめるって心に決めたじゃない！

　青木くんがあんなに素敵な恋を手に入れたのは、あきらめずに努力し続けたから。私ももっともっと、頑張らないと……。

「ならいいけど。――じゃ、これは俺から」

　ひょい、リボンのついた箱を手渡され、橋下さんは「えっ……」と固まった。

「これも青木姉の店のやつだけど、ちゃんと青木のとは被らないように選んだから。クッキーの詰め合わせね」

　照れているのか、相多は自分の足元を見ながらそう言った。

　喜びが遅れてやってくる。橋下さんは満面の笑みで相多を見上げた。

「ありがとう！　お返しもらえるなんて思ってなかったから、ほんとにうれしい」

「えー、俺ってそんな気のつかない男だと思われてんの？　心外だなー」

　相多は唇を尖らせた。わざとらしく拗ねてみせたその仕草に、橋下さんは、ふふと笑う。

「だって相多くんって、こういうの苦手そうだもん。バレンタインの時だって、かなりあっさりしてたし」

「いやいや、ちゃんとうれしかったですよ。つーか、返さなかったらどつかれそうだし？」

「何それ。それこそ心外だよ」

橋下さんが頰を膨らませると、相多はポケットに手を突っ込んで、「あのさぁ……」とうつむいた。

しかしそれから言葉が続かず、橋下さんは首を傾ける。

「なぁに？」

「だからまぁ、もう降参つーか、根負けつーか……」

もごもごと言った相多は、橋下さんを見上げるようにして、

「付き合う？　俺ら」

その瞬間、パンパカパーンッ！　とラッパの音が響いたような気がした。

橋下美緒。十七歳。

待ちに待った春は、あまりに突然にやってきた。


相多くんとお付き合いすることになりました。

翌日の朝。昇降口で出会った青木にそう伝えると、青木はふらりとよろめき、下駄箱に手をついた。

「そうか……。ついにあっくんと……」

「うん。自分でもびっくりなんだけど、そういうことになったの」

「そういうこと……俺のアイドルが、そういうことに……くぅっ！」

ぐっと奥歯を噛みしめた青木は、しかし気を落ち着かせるかのように大きく息を吐くと、くるりと橋下さんに向き直った。

「いや、ここはやっぱりおめでとう、だよな。本当によかったね、橋下さん」

「ありがとう。青木くんが応援してくれたおかげだよ」

笑顔を作ってそう答えると、青木は怪訝そうに、

「なんか橋下さん……あんまり元気がないような……？」

橋下さんは沈黙した。

そう。長年の恋を実らせ、本来なら喜びの舞を全力で踊っていてもよいはずの橋下さんの気持ちは、暗く沈んでいた。

その理由は――。

「よう、青木」

昇降口にやってきた相多は、青木の前に立つ橋下さんの姿に気づくと、にこやかに片手を上げる。

「あっ、はしもっつあんもいたの？　おはよー」

「……お、おはよう」

「俺、宿題のやり残しがあるから、先に教室行くな。二人とも、またあとで」

相多は死んだ目をした橋下さんを追い抜かし、すたすたと廊下を進んだ。

「……はしもっつあん？」

青木は橋下さんを見下ろした。嘘だろ？　とでも言うようなその表情に、橋下さんはうなだれる。

「聞いてよ、青木くん……」


それは昨日、相多に「付き合う？」と聞かれたあとのことだ。

もちろん橋下さんに断る理由はなく、「はいっ！」と二つ返事で相多の言葉を受け入れた。いけなかったのは、浮かれるまま「呼び方を変えてほしい」なんて願ったことだ。

「だって橋下さんじゃあ、他人行儀な感じがするでしょ？」

もじもじと箱のリボンをいじりながら言うと、相多は「確かにそうだな」と顎を押さえた。

「それじゃあどうすっか。橋下さんって、なんかあだ名ある？」

「えっと……仲の良い友達には、はっしーって呼ばれてるけど……」

「いや、はっしーは駄目だな。三組の大橋ってダチが、はっしーなんだよ。はっしーって呼ぶたび、絶対あいつの顔がちらつくもん」

「あ、あと他には、美緒って呼ばれたりもしてるよ？」

「みお？」

好きな人から発せられたその響きは特別甘やかに感じられ、橋下さんの胸はとくん、と高鳴った。

これこそが狙いだった。相多に苗字(みようじ)ではなく、名前で呼ばれたかった。それなのに――。

「やっぱなしだな。しっくりこない」

言い切った相多は、「違うの考えよう」と腕を組むと、即座にひらめいた顔をした。

「そうだ！　はしもっつあんにしよう」

相多は自信満々の笑顔を橋下さんに向けた。

「うんうん、ぴったりじゃん。強くて頼りがいのありそうな感じ。――なぁ、はしもっつあん！」

「あっくんめ……。自分の彼女になぜ力士風のあだ名をつける……？」

頭を抱えた青木の横で、橋下さんはため息をつく。

「しかたないよね……。前に張り手かましちゃったことあるし……」

「でもほら、あっくんって相撲とか格闘技、大好きだから！　マジでリスペクトだから！」

青木の必死のフォロー（？）も、今は心の表面をさらりと撫(な)でるだけ。橋下さんはうつむく。

「私、ちゃんと恋人として見られているのかな……」

一番に引っかかるのは、呼び名なことよりも「付き合う？」の前にくっついていた言葉だ。

『もう降参つーか、根負けつーか……』

相多はただ、橋下さんの気持ちに押し負けただけなのではないだろうか。自分のことを心から好いてはいないのではないか。それが不安で、喜びに浸りきることができない。

「橋下さん……」

心配そうにつぶやいた青木は、眉間にしわを寄せて腕を組んだ。うーんと考え込むことしばし、唐突にポンと手を打つ。

「よし！　この作戦でいこう！」


翌日。

四時間目の授業の終わりを告げるチャイムが鳴った。教師が教室から出ていくと、橋下さんはすぐさま机の横にかけておいたランチバッグを持ち、相多に近づいた。

「あの、相多くん」

橋下さんはランチバッグを掲げてみせた。しおらしさをアピールするため、小首を傾げることも忘れずに。

「よかったら今日、一緒にお昼を食べない？　私、お弁当作ってきたの」

「えっ、マジで？　ありがとー」

目論見通り、相多は喜んだ様子だ。

橋下さんはちらりと青木を見た。ぐっと親指を立てた青木に対して、ひそかにうなずきを返す。

これこそが青木の発案した、名付けて胸キュンおべんと作戦である。

「弁当箱の蓋を開けると現れるのは、ハート型のさくらでんぶ、甘じょっぱい卵焼き、キュートなタコさんウィンナー……。愛らしい弁当を前に、あっくんは改めて気づくはず。橋下さんの純な乙女心に。――そしてこう思う」

青木はバッと自分の前髪を真ん中でかき分けた。どうやら相多になり切ったつもりらしい。

「こんな弁当を作ってくれる女の子をはしもっつあんなんて、ごっつあん感溢れるあだ名で呼んでいいのか？　いや、いいわけない。――ありがとう、美緒。大好きだっ！」

青木は胸に手を当てると、物語の王子のごとく橋下さんの前に跪いた。周囲の生徒たちが不審者を見る目で青木を遠巻きにする。

「あ、青木くん、ここ昇降口だから……」

「やべ。つい興奮して……」

　立ち上がった青木は、さっと前髪を直しながら、

「とにかく、好きな人の手作り弁当に、ぐっとこないやつなんていないわけだから！　これで二人の親密度は急上昇。すぐに恋人らしい感じになってくるって」

　というのが、胸キュンおべんと作戦の全容である。

　単純、かつ古典的な作戦だ。正直なところ、そんなにうまくいくかな？　という思いもある。だが、何もしないで悩んでいるよりずっといいのは間違いない。

　ただ行動あるのみ――。その信念を胸に抱き、橋下さんは早起きしてせっせと弁当作りに励んだのであった。


　弁当は渡り廊下のベンチで食べることになった。相多とともに教室を出た橋下さんは、途中で「あっ」と声を上げる。

「いけない。飲み物、用意するの忘れちゃった」

「じゃあ俺が自販機で買ってくるから、はしもっつあんは先行ってベンチ取っておいて。弁当のお礼におごるよ。何にする？」

「えっと、それじゃあミルクティーをお願い」

相多と別れ、一人渡り廊下へ向かう。

空(あ)いていたベンチに腰かけ、ランチバッグをのぞいた橋下さんは、またもや「あっ」と声を上げた。

私、お箸(はし)まで忘れてる……！

弁当を作ることに熱中したあまり、他のことがとことん疎(おろそ)かになっていたようだ。

橋下さんはバッグをベンチに置いて立ち上がった。小走りで昇降口に向かい、来ていた購買の店員に箸をもらう。

大急ぎで引き返した橋下さんは、前方にペットボトルを持った相多の背中をみつけた。声をかけようとするが、向かいからやってきた男子生徒に先を越される。

「よお、相多ぁー」

「おう、はっしーじゃん」

つんつんと髪を立たせたその男子に対し、相多は手を振った。

はっしーということは、この人が三組の大橋くんか。完全に声をかけるタイミングを失い、橋下さんは距離を置いて二人の様子をうかがった。

「はっしー、今日も髪型いかしてんね」

「そりゃあ五時起きでセットしたからな。つーかさ、今度の土曜、合コン行かね？　相手すげーぞ。お嬢様高校のギャル」

大橋は遊ばせた毛先をいじりながらそう言った。

合コン、お嬢様、ギャル。不穏な言葉の羅列に、橋下さんは白目をむく。――はっしー、なんて厄介な誘いを……。

「あー、わり。無理だわ」

相多はことの外あっさりと断った。ほっと胸を撫で下ろしたのも束の間、大橋はめげずに、

「じゃあ来週に変えてもらうか？　お嬢様な上にギャルだぞ？」

はっしー、ここは引き下がって！　お願いだからっ！

橋下さんはギリギリと割り箸を握りながら大橋に念を送った。今この瞬間、彼が巨大鳥に攫われないかとさえ願う。しかし――。

「来週も無理なんだよなぁ。俺、彼女できたから」

どこか自慢げな笑みに、橋下さんは思わず「相多くん……」とつぶやいていた。

感動した。相多は自分をきちんと彼女だと認めた上で気遣ってくれているのだと、そう思った。しかし――。

「はぁ、マジかよ!?　お前、好きな子いたの？」

大橋に詰め寄られ、相多は「それがさー」と頭をかいた。

「向こうが俺のこと相当好きみたいで？　めちゃくちゃぐいぐいくるわけ。こりゃもう付き合わなきゃしょうがねぇか、って感じだよ」

ボキッと音が鳴り、橋下さんは自分の手を見下ろした。

握っていた二膳の割り箸は、真ん中から真っ二つに折れていた。

渡り廊下に戻ると、ランチバッグを置いたベンチに相多が座っていた。橋下さんに気づいた相多は、「おっ、いた」と腰を浮かせる。

「いないから焦ったわ。どこ行ってたの？」

「ごめん。購買に割り箸をもらいに行ってたの。家から持ってくるの忘れちゃって……」

「案外うっかりさんなんだな。はい、これ」

差し出されたミルクティーを受け取り、橋下さんは相多の隣に腰を下ろした。ランチバッグから弁当箱を取り出し、購買でもらい直した割り箸とともに手渡す。

「口に合うといいんだけど……」

「待ってました。どれどれー？」

弁当箱の蓋を開けた相多は、「おっ、うまそうじゃん！」と声を弾ませた。

さすがにハート型のさくらでんぶは恥ずかしく、そぼろと炒り卵と合わせて三食弁当にした。けれど、甘じょっぱい卵焼きとタコさんウィンナーはちゃんと入っている。盛り付けにもかなり気を配ったつもりだ。

「いただきまーす」

相多はまず卵焼きを口に運んだ。もぐもぐと咀嚼したのち、橋下さんに笑顔を向ける。

「うまいよ。味付け、超理想的。マジでありがとうな」

「うん。よかった」

弁当箱を膝にのせたままそう答えると、相多は首をひねった。

「はしもっつあんは食べないの？」

「……あの……相多くん……」

ごくりと唾をのんだ橋下さんは、ぎゅっとこぶしを握りしめ、

「私に恋……してるよねっ……？」

突然の問いに相多は箸を落としかけた。「き、急になんだよ？」と狼狽した様子で聞き返す。

「ちゃんと確認したくて」

「……今時さぁ、そんなこと言うやついないって。ノリならまだしも」

相多は明らかな誤魔化し笑いを浮かべた。あくまで明言を避けようとするその姿に、橋下さんは唇を嚙む。――やっぱり……。

「……降参とか根負けとか、言ってたじゃん」

「言ったけど、そんなに深い意味で言ったわけじゃねーし……」

「それじゃあどういう意味？　私がぐいぐいしつこいから、しょうがなくて付き合ったたって意味？」

「……はっしーとのアレ、聞いてたのかよー」

しまったとばかりに額を押さえた相多は、はぁー、とため息をついて、

「いや、アレはアレだよ。男同士の馬鹿なノリっていうか、ちょっと盛って話すサービス精神っていうか。わかるでしょ？」

「わかんないよ！」

橋下さんは首を横に振った。

まるで駄々っ子みたい。そう思いながらも押さえが利かない。

「そんな理由で付き合うのはどうかと思う！」

「いや、だから違うって」

「違わないじゃんっ」

「じゃあ付き合うのやめるー？」

うんざりしたような相多の表情。きっとこう言えば橋下さんが引き下がり、この話題から離れられると思っているのだろう。

そのずるさが橋下さんには腹立たしくて悔しくて……そして悲しい。

「──うん」

「え、やめんの？」

相多はぎょっとして橋下さんを見返した。やはり端から賛同されるとは思っていなかったようだ。

「やめる！」

橋下さんはバッグに弁当箱をしまって立ち上がった。

ぬか喜びだった。春なんて来ていない。結局自分は、ほしいものを何も手に入れられていなかった。しがみつくものがそもそも存在していないのだから、こうする他ない。

「……本気だな？」

疑わしい顔で念を押す相多に、「本気！」と返して歩き始める。

「泣いても知らねーからな」

「泣かない！」

振り向かずに言った橋下さんは、校舎に入った。

涙がポロリとこぼれたのは、その直後だった。

期末テスト、修了式、そして春休み……。

相多と距離が空(あ)いたまま時は流れ、ついに春休みの最終日を迎えた。

「おーい、そろそろお開きにするぞー」

立ち上がった委員長が周囲を見渡す。今日は委員長の呼びかけにより、七組の生徒が集まり、河川敷で花見を開いていた。

土手に座る橋下さんは、膝を抱えて川沿いに並ぶ桜を眺めた。淡いピンク色の花びらがはらはらと舞う光景は美しいが、川に落ちて流されていく様には切なさも感じる。

「二次会のカラオケ行く人、この指とーまれっ」

人差し指を立て号令をかけた委員長のもとに、わーっ、とクラスメイトたちが集まった。

その光景を遠目に座り込んだままでいると、青木と井田が近づいてきた。

「橋下さんは二次会行かないの？」

「うん。今日はもう帰ろうかな」

「俺らもここで終わり。豆太郎(まめたろう)もいるしな」

青木は足元の犬を見下ろした。井田の愛犬、豆太郎は赤い艶(つや)のある首輪をつけ、すました顔をしている。

「結局あっくん、来なかったなー。返信もねーし」

青木がスマホをいじりながら言った。賑(にぎ)やかな場が好きな相多が、花見に来なかったことを不思議に感じているらしい。

「忘れてるんじゃないか？」

井田が言った。橋下さんはぽつりとつぶやく。

「私と顔を合わせたくなかったのかも」

「喧嘩（けんか）したの？」

青木と井田は揃って驚いた顔をした。橋下さんはぎゅっと膝を抱え、「別れたの。私たち」と告げる。

「え!?　そうなの!?」

青木は慌てた様子で橋下さんの前にしゃがみ込んだ。

「ごめん。俺、なんも知らなくて……。つーか、あっくんマジで許さん。橋下さんを振り回しやがって……」

こぶしを震わせる青木に、橋下さんは「違うの」と首を横に振った。

「私がもういいって言ったの。応援してくれていたのに、こんな結果になっちゃってごめんね」

「もういいって、どうして？　あっくんのこと嫌いになった？　確かにいい加減なやつだけど、あれでいいところもなくはなくて……。場を明るくしてくれるし、実は友達思いだし……」

懸命に言い募（つの）る青木の言葉に、橋下さんは「わかってる」とうなずく。

——わかってる。だから好きになった。

「相多くんは悪くないよ。私、自分の気持ちを押し付けすぎてるな、って反省したの」

勢いに任せた別れだったけれど、あれでよかったのだと思う。橋下さんはポケットから消しゴムを取り出した。

アイダくん♡　消しゴムにそう書いた時から気持ちは少しも変わっていない。

まだ彼のことが好きだ。でも、だからこそ無理はさせたくない。

「嫌いになんてなってない。ただ、自分だけじゃなくて、相多くんの気持ちも大事にしたいと思ったの」

「でも……」

何かを言いかけた青木は、唇を真一文字（まいちもんじ）に結ぶと、勢い良く立ち上がった。

「……俺、行ってくる」

「行くってどこに？」

困惑して尋ねると、青木は「橋下さんはここで待ってて」と返し、井田の腕をつかんだ。

「井田、お前も行くぞ」

「お、おう？」

青木は戸惑った様子の井田を引っ張り、土手を上がっていった。豆太郎も、てってってと軽い足取りで二人についていく。

え、私、どうしたらいいの……？

わけがわからず立ち尽くす橋下さんに、土手に上がった青木が声をかける。

「橋下さん、必ず連れてくるからね！」

走り去る二人と一匹を見送り、橋下さんは消しゴムを握りしめた。

□□□

寝転んだまま茶の間の時計を見上げると、時刻は三時過ぎ。花見は昼から始まったはずなので、そろそろ解散の頃合いだろう。

はしもっつあんは参加したのかな……？

相多はむくりと起き上がり、テーブルの上からスマホを取った。橋下さんとのトーク画面を開き、「元気？」と打ち込むが、送信ボタンを押す前で手を止める。

「なんで俺がこんなメッセージを……」

まるでご機嫌取りじゃないか。かっこわりぃ。入力を削除しようとすると、真横から声がした。

「あんた、そりゃちょっと素っ気ないよ」

びくりとして隣を見ると、同居する祖母がスマホの画面をのぞき込んでいた。相多はスマホを伏せる。

「見んなよ、ばーちゃん」

「橋下さんっていうのは、あんたのコレだろ。恋人にはもっと甘い言葉をささやくもんだよ」

小指を立てた祖母は知った顔だ。古希を越えて現役美容師の祖母は、若いころははちゃめちゃにもてて、言い寄る男をちぎっては投げまくったと語る自称恋愛の達人だが、本当のところはどうだか。

「甘い言葉ぁ？　そんなの無理だって」

おふざけでならいくらでも言える。お互いに軽い気持ちで付き合った、これまでの彼女相手になら言ってきた。

でも橋下さんを前にすると、同じように振る舞うことができない。真面目なあの子にそういうことをするのは、ものすごく悪いことのような気がする。

まったく、と座椅子に腰かけた祖母は、あきれた目を孫に向ける。

「颯人はじいちゃんとは大違いだね。私はあの人に何通ラブレターをもらったことか……」

もう百回は聞いた話だ。相多は「はいはい」とテキトーに聞き流し、

「つーか、そういうふうに尽くすのってダサくね？　負けたみたいじゃん」

「……あんた、本当に子どもだねぇ」

憐れむように言われ、カチンときた。「まだ十七ですんで！」と言い返すと、祖母はゆったりと背もたれに寄りかかり、

「勝ったも負けたもあるもんか。恋愛は勝負じゃあないんだよ」

勝負じゃない……。確かにそうかもしれない。

でもそれなら、自分は一体何と戦っているのか。口ごもったその時、玄関のチャイムが鳴った。

「回覧板かね」

立ち上がろうとした祖母を「俺が出るよ」と押し留めて玄関に向かう。部屋着のジャージ姿だが、近所のおっちゃんおばちゃん相手に気を遣うこともないだろう。

「はいはーい」

サンダルをつっかけガラリと扉を開ける。すると目の前には青木と井田、そして確か豆太郎とかいう井田の飼い犬が並んでいた。

「は？」

思いがけない光景に目を見開く相多を、青木は挑むように見据える。

「聞いたよ。橋下さんと別れたって……」

「んだよ。それでキレて乗り込んできたのか。過保護なこって」

ため息まじりに頭をかくと、青木は一歩踏み出し、

「ちげーよ！　俺は橋下さんと別れたからキレてんじゃねぇっ！」

つられて興奮したらしい豆太郎が、キャワンと吠える。

「もしもあっくんが橋下さんを好きじゃないなら、それは残念だけど、しかたのないことだと思う。でも、そうじゃないだろ！　あっくん、橋下さんのこと好きだろ！」

「お前、そんなでかい声で……」

あとでばーちゃんにいじられる。相多はしぃー、と人差し指を立てるが、青木はさらにヒートアップして、

「うるせー！　こっちはとっくにわかってんだよ！　あっくん、興味ないものにはとことん淡白（たんぱく）だろっ。なのに橋下さんにはちょこちょこちょっかいかけて。――ちゃんと両想いじゃん！　そのくせ別れるとか意味わかんねーことになってるから、それにキレてんだよ！」

言い切った青木は、はぁはぁと息を切らした。

こいつ恥ずかしくねぇのかな、と相多は思う。

隣に恋人がいるというのに、猿みたいに顔を真っ赤にして、大声出して、熱くなって。

自分以外の誰かのために、目に涙まで浮かべて……。

「橋下さん、河川敷で待ってるぞ。消しゴム大事に抱えて」

井田が言った。その瞬間、橋下さんのその姿が、くっきりとまぶたに浮かび上がる。

もう勘弁してくれよと、相多はその場にしゃがみ込んだ。

——俺の周りにいるやつは、どいつもこいつもどうしてそんなに真っすぐなんだ……！

「……俺、行くわ」

深い呼吸のあと、相多はすくりと立ち上がってそう言った。ぱっと表情を明るくした青木は道を開け、

「そうだよ！　行け、あっくん！」

相多は青木と井田の間を通り抜け、玄関を飛び出した。置いてあった自転車を押し、道に出る。

戦うべきものはなんだ？

本当はとっくに気づいてる。ゴミみたいな自分の見栄だ。

ダサくて恥ずかしいやつは誰だ？

——俺だよ。俺！　他人の本気にびびって、おちゃらけて返すことしかできない。

相多は自転車にまたがった。ハンドルを握り、ペダルを漕ぎ出す。

その門出に声援を送るかのように、ワオーンと豆太郎が遠吠えを響かせた。

桜が舞う中、一人川縁に立って水面を見つめる橋下さんを見つけ、相多は急ブレーキをかけた。

「橋下さん！」

橋下さんが驚いた顔でこちらを振り返った。

相多は自転車から降りたが、急ぐ気持ちに体が追いつかなかった。自分の足につまずいて転倒し、そのままゴロゴロと土手を転がり落ちる。

「うおぉーっ！」

「相多くんっ！」

悲鳴のような声を上げ、橋下さんが駆け寄ってきた。芝生に横たわった相多は、己のドジっぷりを大いに恥じらう。初っ端からこんな大失態をさらすなんて……。俺は青木か？

「大丈夫？　怪我してない？」

心配そうに顔をのぞかれ、相多はのそりと身を起こした。

くたびれた部屋着のジャージは草まみれ、しかも全力で自転車を漕いだせいで汗だくだ。彼女が目の前にいるというのに、本当に格好がつかない。

でもこれが、自分の本当の姿でもある。

相多は背を丸めたまま口を開く。

「……俺、橋下さん相手だとペースが崩れるんだ。そういう自分がダセーから見栄張ってテキトーなこと言って、色々誤魔化してた。俺はそんな小さいやつだよ。橋下さんが思っているようなイケてる男じゃない」

そう肩を落とすと、橋下さんはきょとんとして、

「私、相多くんがイケてるなんて思ったことないよ」

「えっ？」

俺のこと、イケてるから好きなんじゃないの？　つーか俺、そもそもイケてないの？

衝撃を受けて固まる相多に、橋下さんは微笑みかける。

「私が好きになったのは、明るくてお調子者で、優しいくせにそれを素直に表せない、少し照れ屋さんな相多くんだもん」

——なんだ、そうだったのか……。

力が抜けた。ダサくてもイケてなくてもいいんだ。それでも好きだと、この子は言ってくれるんだ。

本当に自分は、何と戦っているつもりだったのか……。

相多は背筋を伸ばして橋下さんに向き直る。

「しょうがなくて付き合ったんじゃない。それだけは信じてほしい」

目を見てそう伝えると、橋下さんは持っていた消しゴムをぎゅっと握り直した。

と思い直す。

その答えに安堵のため息をこぼした相多は、しかしすぐに、違う、これでは駄目なんだ、

「……たまにはちゃんと言うわ」

深く息を吐き、腹を決める。

みお、と初めてその名を口にした時、彼女は喜びいっぱいに瞳を輝かせた。そのきらめきがあまりに眩しくて、つい目を逸らしてしまった。

けれどもう誤魔化さない。

「俺、美緒ちゃんのことが好きだ。くだらない見栄は捨てる。だから付き合ってほしい」

「――うん！」

目に涙を薄く浮かべ、橋下さんが笑う。

満開の桜も彼女のこの笑みに並べば脇役だと、相多は思った。

5

「はぁー、終わったー」

学校近くのファミリーレストランで、青木(あおき)は思いきり伸びをした。

三年に進級しておよそ半月、最初の校内模試が終わった。二年のころはいくら頭をひねっても答えがわからず、秘技鉛筆転がしで選択肢(せんたくし)を選んだものだが、塾通いの成果が出始めたようだ。昔ほど手も足も出ないという感じはしなかった。

「つーか、いつの間にか高三かぁ。年々時の流れが早くなっていく……」

パスタをフォークに巻きつけながらつぶやくと、向かいに座る井田(いだ)が「俺のじーちゃんも前に同じこと言ってたぞ」と言ってきた。

「じーちゃんって……。確かに俺は井田より老いているけど……」

青木は先日無事に誕生日を迎え、十八歳になった。もはや大人と言ってもいいような年齢だ。まだまだお子ちゃまな井田を、しっかりリードしてやらねばと思う。

「そうだ！　これ！」

青木は鞄からイヤホンケースを取り出した。井田から誕生日プレゼントとして贈られたものだ。

「これ、音質めっちゃ良いよ。マジでありがとな」

どうやら前に青木がイヤホンをほしいと言っていたことを覚えていてくれたらしい。プレゼントそのものはもちろん有り難いが、何気ない一言をきちんと聞いてくれたこともうれしい。

「おう。気に入ってくれたならよかった」

ふっ、と穏やかに微笑まれ、急に気恥ずかしくなる。青木は「お前も試してみろよ」と井田にイヤホンを押し付け、スマホを取り出した。

「最近、良さげなバンドを見つけたんだ。中でもこの曲が一押し」

井田がイヤホンを耳に入れたのを確認し、再生ボタンを押す。その時――。

「えー、まだキスしてないのー？」

後ろの席から聞こえた声に、青木はギューンッと音量を上げた。ちらりと振り返ると、他校の制服を着た女子高生二人が話している。

「付き合ってもう二か月も経つのにぃ？」

さらにギューンッ！

「ありえなーいっ！」

ギュギュギュギューンッ！　と、限界まで音量を引き上げると、悶絶した井田がイヤホンを外して耳を押さえた。

「青木、加減しろ。鼓膜が終わった……」

「ごめんごめん。手が滑った」

青木は停止ボタンを押した。後ろの女子高生たちは「っていうかこのパフェ超おいしくなーい？」と、すでに別の話題に移っている。

「ほら、もう一回。今度は自分で操作しろよ」

スマホを渡すと、井田は改めてイヤホンをはめ直した。曲を聴き始めた井田を眺め、青木は小さなため息をつく。

井田と付き合っておよそ半年。関係がどこまで進んだかといえば、いまだ手をつないだのみ……。

後ろの女子高生たちからすれば、「超ありえなーいっ！」だろう。だが、青木に焦りはなかった。

『今すぐどうとは考えてないけど』

歩道橋で手を握りながら、井田はそう言った。今ではもう、青木は井田がちゃんと向き合ってくれていると理解している。

「ほんとにいいな。この曲」

井田が顔を上げた。「だろ」と笑った青木は、心の中で後ろの女子高生たちに語りかける。

——いいかJK。こういうことに遅いも早いもない。焦ることはないんだぞ。


「いや。付き合って半年でそれは、さすがに遅せーだろ」

放課後の教室。向かいに座る相多(あいだ)にばっさりといかれ、青木は髪をかき乱した。

「——やっぱそうだよなぁ！」

焦ることはない。人と比べることじゃない。頭ではわかっているのだが……。

井田だってきっと「いつか」とは思っているのだろう。

だがその「いつか」はいつだ？　のんびり屋の井田に合わせていたら、白髪になっても先に進まないのではないか。

「やっぱりここは青木のほうからいくべきなんじゃね？　うだうだ悩んでねーで、さっさとかましてこいよ」

相多の強めのアドバイスに、「いや、でもさぁ」と青木は机にもたれかかった。

「まずどうしたらいい？　キスしていいか許可取んの？　場所は？　その辺の道端じゃダメだろ？　目はいつ閉じる？　閉じたら顔の位置、わかんなくない？」

手順がまったくわからずパニックだ。世の恋人たちはどうやってこの難関を乗り越えているのか。パニックに陥る青木を前に、相多はスマホでゲームをし始める。

――親友がこれほど真剣に悩んでいるというのに、なんて薄情な。

「どうせ自分だっていつか悩む日が来るんだからな」

ふふんっ、と薄ら笑いを浮かべて言うと、相多は目を丸くして、

「へ？」

「……へ？　って……へ？」

なんだ、その顔は。まるで自分は無関係ですと言わんばかりな……。

まさか、と青木は相多を凝視した。相多はつと目を逸らして窓の外を見やると、

「ほら、見てみろよ。空がきれいだ」

――こいつ、やりやがった……！

「お前、そりゃあ手が早すぎるだろっ！」

バンッ、と机に手をついて立ち上がる。相多と橋下さんは付き合ってまだ二か月も経っていない。

それなのにもう……もうそこまでいってるなんて……！

「信じらんねぇ！　俺のアイドルになんてことをっ」

「うっせー！　俺はお前とは違うんだよ！　キメる時はキメる男だ！」

　相多は開き直ってふんぞり返った。「好き合ってる女子とキスして何が悪い！」と、堂々と言い放つ。

　アイドルを奪われ、先を越され……。

　強烈な敗北感に襲われた青木は、がくりと床に崩れ落ちた。

「にじゅはちっ！　にじゅくっ！　さんじゅっ！」

　部活が終わり、部誌を提出するため職員室に向かっていた井田は、豊田とともに足を止めた。気合の入ったかけ声が響く中庭では、三年七組の生徒の一部が、五月の中頃に行われる体育祭に向けて大縄跳びの練習をしていた。

「さんじゅいっち！　さんじゅに！　さんじゅさんっ！」

　息を合わせてジャンプするクラスメイトに、「よし、いいぞ！　その調子だ！」と縄を回す委員長が声をかける。

「相変わらず熱いな、七組」

感心したように豊田がつぶやく。

確かに七組は、イベントに対して並々ならぬ熱意で取り組む。今の練習も自主的なものだが、部活のない生徒の全員が参加しているようだ。

井田はどこのクラスも同じようなものだと思っていたのだが、豊田によると違うらしい。彼の所属する三組は緩く、イベントはほどほどに楽しめればいいといった雰囲気だそうだ。

「さんじゅっく！　よんじゅっ！　よんじゅいっ——あーっ！」

誰かが引っかかったらしく、縄がたわんで列が乱れた。それでも満足のいく記録だったらしく、クラスメイトたちは「大台に乗ったぞ」と盛り上がっている。その中には青木の姿もあった。

「みんな、よくやった！　今日の練習はここまでにしよう。お疲れ様でした！」

お疲れっしたー、とおじぎをした青木が、ふとこちらを見た。

「おーっ、井田！　豊田！」

青木がたっと駆け寄ってくる。まるで主人を見つけた犬のようなその勢いに、豊田が「なんだか豆太郎っぽいな」とつぶやき、井田は小さく笑いをもらした。確かにブンブンと振り回される尻尾が見えるようだ。

「部活もう終わったのか？　なら一緒に帰ろうぜ」

渡り廊下の手すりをつかんだ青木に、井田は持っていた部誌を持ち上げてみせる。

「おー。これ出してくるから、教室で待っててくれ」

「わかった。またあとでな」

青木と別れ、井田と豊田は再び歩き出した。

「……なぁ、駿」

校舎に入ったところで、井田は切り出す。

「キスっていつするもんなんだ？」

豊田はピタリと動きを止めた。「どうした？」と尋ねると、「いやいや、浩介こそ急にどうした？」と聞き返される。

「駿はそういうことに詳しいだろ。部活でもよく相談にのってるし」

「彼女がいるから聞かれるってだけで、別に詳しくはねーよ」

そう言った豊田はきょろきょろと辺りを見回すと、声をひそめて、

「青木となんかあったのか？」

「この間二人でファミレス行った時、後ろの席の女子が話してたんだ。付き合って二か月でキスしてないのは遅いとかありえないとか……」

青木は井田に聞かせまいとしたようだけど、ばっちり聞こえていた。

「半年経ってしてないっていうのは、一般的には遅いんだろ？　青木も気にしてるみたいだった。あいつ、変なところで遠慮するから、俺からしたほうがいいのかと思って……」

井田にとっては初めての恋だ。何もかもが未知で、どう進めていけばいいか見当もつかない。ただ青木が不安を感じているなら、それを取り除いてやりたいとは思う。

「んー、そうだなぁ……」

豊田は悩ましげに首をひねると、

「……まずさ、浩介は今、したいと思ってんの？」

その視点から考えたことはなかったが、はたしてどうだろう。

思案し始めた井田の肩を豊田はポンとたたく。

「いつとかいうより、それが一番大事なことだと思うぜ？」


部誌を提出し、豊田と別れた井田は、七組の教室へ向かった。扉を開けると、ジャージから制服に着替えた青木が、机に突っ伏して眠っている。

井田は青木にそっと近づき、隣の席に腰を下ろした。

夕日が青木を照らしている。手を枕代わりにした青木の寝顔は、起きている時より少し幼く見えた。小さな寝息に合わせ、肩甲骨（けんこうこつ）の浮いた背中がゆっくり上下する。

自分が本当にしたいのかどうか、よくわからない。今の関係のままでも、幸せは十分実感できている。

でも——。

でも、気になる。したら、青木はどんな顔をするのか――。

井田は身をかがめ、青木に顔を寄せた。

教室の扉が開く音がした。誰かが近づいてくる気配がある。

――きっと井田だ。起きなくちゃ……。

そう思うけれど、大縄の練習のせいかまぶたがひどく重い。まだ眠っていたい。

微睡(まどろ)みに浸る青木の唇に、温かなものが触れた。一体なんだろう？　目を開けると、井田の顔がすぐそばにある。

井田はぱっと身を引いた。明らかに狼狽(ろうばい)したその様子に、青木の意識は一気に覚醒(かくせい)した。

まさか……。

「お前、今何した……？」

「……悪い。寝込みに変なことして……」

気まずげに目を逸(そ)らした井田の頬(ほお)は不自然に赤い。ふーん、と青木は恥じらいを堪えつつ自分の唇に手の甲を当てた。

「や、やっぱそーか……」

「……嫌じゃなかったか？」

不安そうに聞かれ、青木はもじもじとネクタイの先をいじる。

「……別に嫌じゃねーよ。付き合ってんだし……キ、キ、キ、キスくらい」

その言葉を口にした途端、カーッと体温が上がった。

「さっさと帰ろうぜっ」

青木は勢いをつけて立ち上がった。しかし歩こうとすると、壊れたロボットのようなぎくしゃくした動きになってしまう。

あれ？　今までどうやって歩いていたんだっけ？　おたおたしていると、井田がふふっ、と笑い出し、

「待て、青木。違うぞ」

「は？」

振り返った青木の唇に、井田が軽く指を当てる。

「こうやっただけ。指だぞ」

「え……」

青木はパチパチとまばたきを繰り返した。

じわじわと恥ずかしさと怒りが立ち昇ってくる。——こいつ、また俺をからかいやがった……！

「まさか勘違いするとはな。感触でわかるかと」

笑いまじりに言った井田は、「あっ」と何か悟ったような声を出すと、

「もしかしてキスしたことないのか？」

「ねぇよ！　悪いか！　つーかお前だってないだろ！」

肩をいからせそう言うと、井田はあっさり、

「俺はある」

青木は鼻を鳴らした。どうせ井田のことだ。オチは決まってる。

「家族と犬はノーカンだ！」

顔の前で大きなバツを作ると、井田は「わかってる」とうなずいた。

「えっ？　じゃあ誰と……」

青木は立ち尽くした。――そんな馬鹿な。つい半年前まで人を好きになったことさえなかったやつに、そんなことあるわけがない。

しかし、井田は少しも悪びれなく言い放つ。

「女子って結構してくるじゃん」

青木の中で、何かがブチリと切れた音がした。

「……は？」

はあぁぁっ――？

ピストルの音が鳴り響くのと同時、青木は気合の入ったクラウチングスタートから駆け出した。

第一の障害物はコースに広げられた大きなネット。すぐさま腹這い(はらばい)になり、ほふく前進でネットの下を突き進む。

「オラオラオラオラオラァ！」

第二の障害物、麻袋飛び。麻袋に両足を突っ込み、サバンナを駆ける野ウサギのごとく飛び跳ねる。

「フンフンフンフンフンッ！」

後続を大きく引き離して挑む最後の障害物、ぶら下がったあんぱん。青木の頭よりはるかに上の位置で、こんがりと焼けたおいしそうなあんぱんがブラブラ揺れている。

「オリャーッ！」

勢いをつけて大きくジャンプ。青木は大口を開けてあんぱんに食らいつくと、両足着地を決めた。

「フガフガフガフガッ！」

ゴールを目指して全力疾走。パンをくわえたままなのでうまく呼吸ができないが、その程度の難など、今の青木には関係なかった。ぶっちぎりの一位でゴールテープを切り、雄叫びとともに歯形のついたあんぱんを突き上げる。

　青木の雄姿にクラスメイトたちは、「ウオォー！」と大歓声を上げた。

「青木、よくやった！」

　応援席に戻ると、クラスメイトたちから拍手で迎えられた。青木はそれらの称賛に「おう」と応え、どさりと椅子に腰かけた。

「どうしちゃったんだよ、お前。超張り切ってんじゃん」

　相多が肩に手を回してきた。青木はむしゃりとあんぱんにかぶりつき、

「俺は今、猛烈に滾っているんだ」

　ギラギラと燃える目で言うと、相多は「お、おぉ」と気圧されたように青木から離れた。

　そこへ委員長の焦った声が届く。

「みんな、大変だっ。次の綱引きに出る予定のやつが、腹痛でトイレに駆け込んだ！」

「なんだって!?」

　応援席に動揺が走る中、青木はすくりと立ち上がった。

「なら俺が出る」

　口についた餡をぬぐい取った青木を、クラスメイトたちは救世主であるかのように仰ぎ

見た。

「青木……頼む！」

両手を組んだ委員長にうなずきを返し、青木は校庭の真ん中に用意された綱に近づいた。

綱引きでも騎馬戦でも、なんでもやってやる。

――だからどうか、この煮え滾る怒りを発散させてくれっ……。

青木は綱の中央、自陣の最前線に立った。すると、向かいに井田が立つ。

「……なぁ、青木」

井田の呼びかけを青木はつんと無視した。かれこれ一週間以上、井田とはまともに会話していない。

ふざけて申し訳ありませんでした、と頭を下げてくるまで許す気はなかった。

大体なんだよ。女子って結構してくるじゃん……？

――してこねぇよ！　マジでなんだよっ、そのモテ自慢！

井田のほうからきてくれたのが、うれしかった。やっぱり自分たちは同じ気持ちだったのだと実感できた。それなのに……。

「青木ってば」

そもそも好きな人がいなかったくせに、キスの経験はあるというのはどういうことか。

まさかあれか。遊びと本気は別ってやつ？　まさか井田って、相当な遊び人……？

ジロジロと疑いの目を向けると、井田は軽く首をすくめて、

「……そっち敵の陣地だぞ」

「え」

青木は背後を振り返った。

ずらりと並んだ見知らぬ顔の生徒たちが、お前ぇ誰だよ、という視線を青木に送っていた。


青木の獅子奮迅の活躍もあってか、七組の所属する紫組は紅組に僅差で次ぐ二位にて午前の部を終えた。

昼食を挟んで始まる午後の部一発目の競技は、東ケ岡高校の全部活動が参加する体育祭名物、部活動対抗リレーである。

運動部も文化部も区別なく、代表者が各部活動に合わせた服装で走る。バスケ部ならユニフォームを着て、バトンの代わりにボールを受け渡す。吹奏楽部なら制服姿でサックスがバトン代わりだ。野球部を下して茶道部が優勝するような番狂わせも起きるので、エキシビションながらも観客は大いに盛り上がる。

「間もなく午後の部を開始します。部活動対抗リレーに出場する生徒は、校庭中央に集ま

ってください」

　アナウンスが響き、前の席に座る井田が立ち上がった。すでに体育用のジャージからバレー部のユニフォームに着替えている。

「井田、アンカーなんだって？　頑張れよ」

　相多の声に井田は「おう」と応え、応援席を離れた。青木は飲み終えたペットボトルをぐしゃりとつぶして立ち上がる。

「俺、飲み物買ってくる」

　隣にいた橋下さんにそう言うと、橋下さんは驚いて、

「えっ、今？　井田くんの応援しなくていいの？」

「いいのいいの」

　スタート地点にスタンバイする参加者たちを横目に校舎に向かう。靴（くつ）を履（は）き替えて自販機がある階段下まで行くと、先客がいた。豊田だ。

「お、豊田じゃん」

　声をかけると、スポーツドリンクを手にした豊田が振り返った。

「よう、青木」

「豊田、ここにいていいの？　リレーは？」

「俺は出ないよ。三年からは浩介と足が速いのもう一人だけ。すぐに戻って応援するけ

ど」

そっか、とつぶやいた青木は、空のペットボトルをゴミ箱に投げ入れた。

井田の幼馴染みである豊田なら、詳しいことを知っているかもしれない。立ち去ろうとした豊田を「なぁ」と呼び止める。

「何？」

「……井田が女子とキスしたことあるって、本当か……？」

周囲に誰もいないにも関わらず、問いかけは自然と小声になった。豊田は「浩介が女子とキス？」と怪訝な顔をするも、すぐに何かを思い出したように、

「あー、あれか」

ガンッ、と岩で殴られたような衝撃を受けた。――やっぱ井田って遊び人……？

「でもそれ、幼稚園の時の話だから」

……よ、ようちえん？

青木の頭にスモックを着た園児井田の姿が浮かび上がる。もちろん黄色の帽子もかぶっている。

「……なんだ、幼稚園か……」

安堵と、少しの困惑が広がる。……え？　あいつ、あんなに堂々と幼稚園の時の経験を語ってたの……？

「ひまわり組にいたマイって子がすごいキス魔で、もう手当たりしだいにほっぺに……。浩介はもちろん、俺もされたよ。組にいた男子の半数はやられたかな？」

過去を懐かしむように遠い目をした豊田は、「でも心配ご無用」と青木に向かって片目をつむってみせた。

「そんなおませなマイは、今では俺の彼女だから」

豊田から漂う恋愛強者の風格に、青木は「お、おぉ」と圧倒された。――こいつ、俺らとはレベルが違う……。

「つーか青木たち、また喧嘩してるの？　ほんと懲りないなー」

「今回は向こうが吹っかけてきたみたいなもんだよ」

今までの悶着に関しては自分にも責任があると思うが、今度ばかりは井田が百パーセント悪い。キスしたふりしてからかってくるなんて、純情を弄ぶ卑怯な振る舞いだ。

「……もしかして青木、浩介にキスされた？」

「そ、そんなのされてねーよっ」

核心に迫られ、青木は動揺を隠せない。豊田は「そう？」と首を傾げ、

「俺はてっきり、浩介が駄目なタイミングでガッとやっちゃったのかと。この間さ、浩介から相談されたんだよ。キスはいつするものなのかとか、自分からしたほうがいいのかとか……」

「えっ……あいつ、そんなこと言ってたの？」

意外だ。あのおっとりした井田が、恋愛事について誰かに相談するなんて。

「おう。かなり悩んでたみたいだぜ？」

「……そうだったのか……」

ならばあれは、ふざけてやったことではなかったのか……。

もし井田なりに悩んで、考えて、その上で触れたのだとしたら、それは――。

青木は自分の唇に触れた。井田の指の感触が思い出され、ドキリとする。

「浩介、昔からズレてるからなー。青木のこと、困らせてないかちょっと心配だ」

「……めちゃくちゃ困らせてるよ……」

何気ない言動で青木の心を天まで昇らせたかと思えば、同じく何気ない言動で突き落としもする。

今だってそうだ。さっきまで怒りでいっぱいだった胸が、喜びと気恥ずかしさでバクバク鳴っている。

ドンッと空包（くうほう）の音が鳴った。続いてワァー、という歓声も届く。リレーが始まったようだ。

「早く戻らなきゃな。青木も応援したいだろ？」

豊田に聞かれ、青木は小さくうなずいた。

応援席に戻ると、クラスメイトは総立ちでリレーを観戦していた。「青木くん」と橋下さんに手招かれ、その隣に立つ。

「井田くん、もうスタンバイしてるよ」

井田はスタート地点で準備体操をしている。このレースはまだ予選だ。ここで一位になった部活動のみが決勝に進むことができる。

走者は五人。現在の先頭は竹刀を握った剣道部。次がラケットを持つ卓球部で、ボールを抱えたバレー部は三位だ。四位がキャンバスを持った美術部、五位にギターを担いだ軽音部が続く。

「えっ、剣道部が一位？」

青木は目を丸くした。面、籠手、胴のフルセット。走るのに不向きな袴に加えて素足。弱点満載の剣道部は、去年一昨年ともに最下位だった。

「剣道部の連中、今年は一位を目指すって言って、日夜リレーの特訓に励んだらしいぜ」

橋下さんの隣から相多が顔を出した。いや、そこは剣道の練習しろよ、と青木は思う。

「さぁ、アンカーにバトンが渡ります！」

熱の入ったアナウンスが響いた。剣道部が一位のままアンカーに竹刀を渡す。続いて卓球部。そしてバレー部――。

受け取ったボールを小脇に抱え、井田は駆け出した。速い。先行する二人との距離がどんどん縮まる。

いけ、頑張れ、とクラスメイトが声援を送る。しかし突然、井田の直前を走っていた卓球部がラケットを落とした。

「あっ！」

井田の足元にラケットが落下する。とっさに避けたため当たりはしなかったが、バランスを崩した井田のスピードは落ちた。その隙をつくように、美術部アンカーが猛烈な勢いで迫ってくる。

「――井田っ、頑張れ！」

青木は力いっぱい叫んだ。

体勢を立て直した井田がスピードに乗る。ラケットを拾おうとする卓球部、迫る美術部を引き離し、剣道部の背中を捉える。

そしてついに――。

「追い抜いた！」

青木は橋下さんと手を取り合って飛び跳ねた。直後、袴に足を取られた剣道部が盛大に転ぶ。

「あぁっ……！」

　青木は頭を抱えた。応援しているのは井田であっても同情せずにはいられない。こんな終わりはあんまりだ。せっかくここまで頑張ったのに……。

　そう思ったのは青木だけではないようだ。応援席のあちこちから無念の声が上がるが、しかしそれは、すぐにどよめきに変わった。

　スピードを落としてUターンした井田が、倒れた剣道部のもとへ向かう。他の走者たちが自分を追い抜かしていくことを気にする様子もなく。

「……さすが井田だなぁ」

　相多の言葉に橋下さんも「ねっ」と笑った。青木に至っては、感動で言葉が出ない。

　井田……。お前ってやつは、本当に……。

　井田は膝をつき、起き上がろうとする剣道部に肩を貸した。二人一緒に立ち上がると、観客から大きな拍手が沸く。

　足を引きずる剣道部とともに、井田は張り直されたゴールテープを最下位で切った。

　歓声がいっそう大きくなった。一番盛り上がっているのはバレー部のメンバーだ。井田をもみくちゃにして大喜び、部長なんてむせび泣いている。

　少し気恥ずかしそうに、でもうれしそうに笑う井田を、青木はただじっと見つめた。

リレーの決勝戦が始まった。青木は歓声が沸き起こる校庭から離れ、体育館の横にある手洗い場に向かった。

手洗い場では腰を折り曲げた井田がバシャバシャと顔を洗っていた。そばに立つ青木に気づくことのないまま、蛇口(じゃぐち)をひねって濡れた髪をかき上げる。

「お疲れ」

青木は井田にタオルを差し出した。井田は少し驚いた顔をしたものの、「どーも」と小さく頭を下げた。

「悪かったな。応援してくれたのに、決勝行けなくて」

井田が申し訳なさげに言った。どうやら声援はちゃんと届いていたらしい。青木はポリポリと頬(ほお)をかく。

「そんなのいいよ。なんか井田っぽくて……すげぇいいと思ったし」

「……そうか」

安心したように小さく笑んだ井田は、タオルで顔をぬぐった。

「……この間、怒ってごめんな」

青木は校舎の壁に背をくっつけ、ずるずると座り込んだ。すると井田も隣に腰を下ろし

て、

「俺も悪かった。ふざけたつもりはなかったんだ」

「うん。豊田に聞いたよ。井田なりに色々考えてくれてたんだよな」

「いつしたいとかは、俺にもよくわからないんだ。今の関係のままでも十分満足している し……」

タオルを肩にかけた井田は、言葉を探しながらゆっくりと語る。

「でも青木の寝顔を見た時、したらどんな顔すんのかな、ってふと思った。で、気がついたら無意識に触ってた。青木の反応が面白かったのは本当だけど、面白がってしたわけじゃないんだ」

「なんだそれ……」

無意識に、というのがむしろ恥ずかしい。まるで心で求められているような――。

青木は赤面して膝を抱え込む。

「お前の思考回路はよくわからん」

「だよな。俺自身もよく理解できてない。難しいもんだな」

井田が頭に手をやった。

自分たちはいつも言葉が足りなくて、すれ違って空回(からまわ)ってばかりでいる。

でもきっと、だからこそ――。

青木は井田に手を伸ばした。肩にかかっていたタオルを引き上げ、ベールのように頭にかぶせる。

「……してみるか……?」

向き直ってそう尋ねると、井田は妙に真面目くさった顔で、「うん」とうなずいた。

「ほ、ほっぺだからな」

青木はタオルをつかんで井田の顔を引き寄せ、その頰にそっと唇を近づける。

言葉だけでは伝わらないものがあると知った。——だったら次は、それを知りたい。

井田と二人きりでそれを分け合いたい。

6

◇◇◇

「青木(あおき)」

井田(いだ)の呼びかけに青木は飛び上がった。その拍子に食べていたパンが喉(のど)に詰まり、ゴホゴホと咳(せ)き込む。

「こっち来て食えよ。逆に気まずいだろ」

手招きをする井田との距離は十メートルほど。青木は「嫌だっ」と屋上の手すりをつかんだ。

「俺はここで昼飯を食う。そういう気分なんだ！」

体育祭を終えて初めての登校日。あんなことがあってまだ三日しか経っていないのに、顔を突き合わせてゆっくり食事なんて、できるはずがない。

が、井田のほうは普段通り落ち着いた様子だ。「そんなに照れることないだろ」と図太く言う。

「大体、お前がなんもしないから、俺が恥かく羽目になったんだろ」

青木は抱えた膝に顔をうずめた。後悔は一切ない。でも、猛烈に恥ずかしい。「してみるか？」と言った時の自分は、鼻の穴を膨らませていなかったか？　体を近づけた時、汗臭くはなかったか？　振り返ってみると、手落ちがいくつもあったような気がしてならない。

「恥だなんて思ってねーよ」

立ち上がった井田は青木のもとに歩み寄り、隣にどさりと座った。それでも青木が顔を伏せたままでいると、「わかった」と決意したように言う。

「次は俺からする」

「——次!?」

青木はがばりと顔を上げた。

次ってなんだ？　次っていつだ？　パニックに陥る青木をよそに、井田は悠然と弁当を口に運ぶ。

——こいつ、余裕かましやがって……。

青木は井田をねめつけた。その時、ピンポンパンポンと音が鳴り、校内放送が流れる。

「三年七組青木想太。至急職員室まで来なさい」

担任教師の声だ。すかさず井田が、

「青木、何をしでかした？」

「なんもしてねーわ！　なんでなんかした前提なんだよ！」

心当たりはないが、無視するわけにもいかない。青木は残りのパンをジュースで流し込むと、「じゃあちょっと行ってくるわ」と立ち上がった。

「おー。俺はこれ食い終わったら、教室戻ってるな」

食べかけの弁当箱を示した井田に「あとでな」と告げ、青木は職員室に向かった。


「失礼しましたー……」

職員室を出た青木は、担任から渡された調査票に視線を落とし、はぁー、と肩を落とした。重い足取りで教室に向かうと、背後から「お、青木」と相多(あいだ)に声をかけられる。

相多の隣にはランチバッグを提げた橋下(はしもと)さんがいた。二人で昼食をとってきたのだろう。

「お前、呼び出し食らってたな。何したの？」

隣に並んだ相多に聞かれ、青木は「それが……」と職員室での出来事を振り返った。

「先生。俺、何かしました？」

　職員室を訪れ、担任の前に立った青木は、開口一番そう尋ねた。井田にはああ言ったものの、知らぬうちに何かやらかしたかと、実は不安だった。

「……これだ」

　担任は机の上に書類を置いた。青木が今朝提出した、大学進学希望者向けの調査票である。

「何か問題でも？　締め切り内にちゃんと出したじゃないですか」

「どこが『ちゃんと』だ。第一志望から第三志望まで、全部未定で出したくせに」

　あきれきった口ぶりに、青木は「えぇー」と頭をかいた。

「だって俺、まだ志望校決まってないんですよ」

　青木とて各大学のホームページを眺めてみたり、パンフレットを読んでみたりはしている。しかし、決めきれないのだ。大学には行くべきだと思うものの、何を学びたいか、将来どうなりたいか、明確なビジョンがまだ描けていない。

「あのなぁ、もうすぐ六月だぞ。青木以外のみんなは、それなりに志望校を絞り込み始めてる」

「そうなんですか？」

　そうだよ、と担任は腕を組んだ。

「大学や学部によって受験対策も指導内容も変わってくるのに、何もかもが未定ではお互いに困るだろ。とりあえずの希望でもいいから、近いうちに提出し直しなさい」

「というわけで、新しい調査票渡されちゃってさ……」

青木はひらひらと手に持った調査票を振った。

「まだ先のことだし、のんびり考えようと思ってたけど、みんなもうそれなりに進路決めてるんだってな。――二人も？」

話を振ってみると、橋下さんは少し気恥ずかしそうにして、

「私は別間大の薬学部が第一志望。薬剤師になりたいの」

「すご！　難関じゃん！」

別間大といえば県内の名門大学だ。しかも薬学部ともなれば、特に高い偏差値が必要になるはず。

「うん。だから気合入れて頑張らないと」

「薬剤師かぁ。橋下さんなら絶対なれるよ。成績優秀だし、努力家だし」

ありがとう、と微笑みを向けられ、青木は相多に視線を移した。

「あっくんは、どこ大行くつもりなの？」

「俺は東京の専門行って、美容師になるわ」

「美容師!?」

青木は仰天した。美容師になりたいだなんて初耳だ。当然のように相多も大学へ進学するものと思い込んでいた。

「前は大学に行くつもりだったけどな。そこそこに勉強して、近場の身の丈に合ったところに入ればいいと思っていたけど……」

相多はちらりと橋下さんを見ると、軽く肩をすくめ、

「どっかの誰かさんが本気で頑張ってんの見て、そんなテキトーな考えじゃ駄目だって思い直したわけ」

「……ほぉー」

つまり彼女にばっちり影響を受けたわけか。青木がにやりと笑うと、橋下さんは照れたようにうつむき、相多はゴホンと咳払いをした。

「それで自分がどうなりたいか、ちょっと真剣に考えてみた。その結果、ばーちゃんの店を継いでやっていけたらいいなー、と」

相多と同居中の祖母は、現役の美容師で自身の店を持っている。高齢の祖母が働く姿を見て、何か思うことがあったのだろう。

「へぇー。あっくんが美容師ねぇ……」

考えてみれば口がうまく器用な相多にとって、美容師は向いた仕事かもしれない。

「しかし東京の専門かぁ……。なんかすっげーキラキラしてそう……」

青木がつぶやくと、「だよね」と橋下さんがうなずいた。

「初めて聞いた時、私、ちょっと不安になっちゃった。お洒落で可愛い子がたくさんいて、出会いも多そうだと思ったから」

「ちょっとどころじゃないでしょ。行かないでー、って泣いたくせに」

「もう、それは言わない約束でしょ！」

顔を赤くした橋下さんにドンッ！　と肩をたたかれ、相多は「うっ」とうめいた。

「でもね、相多くんが夢を見つけられたことは素直にうれしいから。ちゃんと応援するって決めたの」

「そっか……」

橋下さんだって相多は地元大学に進学するものだと考えていたはずだ。それでも健気にその決断を受け入れたのは、恋人の真剣さを感じ取ったからだろう。

みんなしっかり将来のこと考えているんだな……。

青木は調査票を眺めた。空白のそこに書くべきものは、まだ思い浮かびそうにない。

コンビニのイートインスペース。アイスをくわえた青木は、ぼーっと視線を宙に漂わせた。

六月になった。担任から「早く出せ」とせっつかれているにも関わらず、まだ調査票は提出できていない。

相多や橋下さんがすでに明確な目標を定めていると知り、混迷はさらに深まった。自分はまだ、目指すべきものの欠片さえ見つけられていない。それなのに周りは先へ進み、時間は無常に過ぎていく。

「アイス溶けてるぞ」

井田の指摘にハッとする。慌てて一気に食べると、冷たさが頭にキーンと響き、青木は「いってー」と眉間を押さえた。

「何やってんだよ」

井田が笑う。

六月の初めに行われた大会を最後に、井田はバレー部を引退した。しかし時間ができた、一緒に遊べる、などとはさすがの青木も思わない。

自分たちは受験生。こうして放課後にアイスを食べるなんてことも、そのうち難しくなってくるのだろう。

「……井田はさ、もう進路決めてんの？」

そう水を向けると、井田は「うん。一応」とうなずいた。

「教育学部に決めてる。化学の教師になろうかと思って」

「えっ！　井田、先生になるの？」

相多の美容師発言に並ぶ驚きである。青木は「なんで？」と身を乗り出した。

「なんでって……学校って楽しいじゃん。部活の顧問もやってみたいし」

至極当然のように言う井田が押し出す、圧倒的な陽オーラ。そのまばゆさに、青木はシパシパと目をすがめた。

そうだ。井田は実は、学校大好きっ子なのだ。授業は真面目に聞き、部活動によく励み、行事にもしっかり参加し、二年連続で皆勤賞をもらうぐらい、学園生活をエンジョイしている。

「最高の理由じゃん……」

「そうか？　普通だと思うけど？」

あっさりと返され、青木はため息をつく。やはり今になってもぼんやりとしているのは、自分だけのようだ。

「みんなすげーよな。自分の将来、ちゃんと決めてんだもん。俺はまだ見つからないんだ。何になりたいとか、何をしたいとか……」

「青木、夢あるだろ」

「え？」

「食品系に行くんじゃないのか？」

　こてんと首を傾げられ、青木も同じように首を傾げる。

「はい？」

「前にそう言ってなかったか？　あ……俺の思い違いか？」

　頭に手をやった井田に、「思い違いだよ」と突っ込んだ青木は、自分の顔を指差す。

「つーか俺、前に担任にもケーキ屋さんになると思われてたんだけど。なんで？　そう見える？」

「おう。そういう印象あるな。バイトも飲食関係だったし、いつもあそこのあれがうまいとか、あれが食いたいとか、食い物に対する熱意がすごいだろ。今日だって……」

　井田は食べ終えたアイスの棒を掲げ、

「この新作アイスは絶対食べとかなきゃ、ってウキウキだっただろ」

　ショックだった。自分はそんな食いしん坊キャラに見られていたのか。いや、確かに人より少しばかり食い意地が張っている自覚はある。けれど隠し通しているつもりだった。

「――駄目だ。食い物関係だけは、絶対に駄目だ……」

　手で顔を覆い、ぶつぶつとつぶやく。すると井田は不思議そうに、

「なんで？」

「だって……」

　それは青木が小学三年生の時のことだ。当時、青木はふっくらというかぽっちゃりとい

うか……とにかく平均よりもかなり豊かな体つきをしていた。

子供は食べたいだけ食べるべきだという両親の方針、そのころからパティシエを目指していた姉が作ったお菓子、そして青木自身の飽くなき食への探求心の結果である。

ある日、小学校の授業で作文の発表会が行われた。テーマは将来の夢。教師に指名され、青木はいきいきと自分の書いた作文を読み始めた。

ぼくのしょうらいのゆめは、新しいおかしを作ることです。なぜかというと、おかしが大すきだからです。今からたくさんおかし作りのれんしゅうをして、いつかとてもおいしい、食べた人が笑顔になるようなおかしを……。

プッ、とクラスメイトの一人が噴き出した。

「お菓子お菓子って、見た目通りだな」

アハハ、と教室中から笑いが起こった。「確かに」「かわいそうだよー」とからかいの声が次々に上がる。

すぐに教師が場を鎮めてくれたものの、青木は作文の続きを読むことができなかった。他人に夢を笑われたことがショックだった。太っている自分に初めて恥ずかしさを感じた。

その後は成長期で一気に身長が伸び、青木の体重は適正に収まった。とはいえ受けた傷が治ったわけではない。

「あれはトラウマだよ。今なら体型をいじってくる向こうが悪いって思えるけど、あの時のつらい気持ちはまだ忘れられない……」

「そうだったのか……」

眉根を寄せ憐憫の情を表した井田は、しかしすぐに、

「やっぱり青木は食品系に向いてそうだ」

青木は椅子から落ちかけた。——今の話でどうしてそうなる？

「お前、俺の話、ちゃんと聞いてた？」

「聞いてたよ。根っこの部分は変わってないってことだろ」

青木は瞬いた。その指摘は、今まで思ってもみなかったことだ。ゆっくりと視界が晴れていくような感じがした。

「……そう……なのか……？」

「俺はそう思うけど」

井田の言葉に、子どものころに描いた夢の色が、少しずつ蘇っていった。


塾のラウンジを訪れた青木は、大学のパンフレットが並ぶマガジンラックの前に立った。とりあえず県内にある国立大学のパンフレットを手に取ってみる。パラパラとめくっていると、「よう、想太」と岡野が近づいてきた。

「自習か？　今日は授業がない日だろ」

「うん。あとはパンフレットを見たくて。——あのさ、岡野くん。もし食品系の仕事を目指すとしたら、どんなところに行くのがいいのかな？」

「お、ようやく何か見えてきたか」

　岡野は青木の肩を突いて笑った。実のところ、学校だけではなく塾からも志望大学を絞り込むようにとせっつかれていた。

「食品系ねぇ。メーカーにしろ外食にしろ、職種によるのかな。営業とか事務方だったら学部はどこでも大丈夫だろうけど……。企画や開発を目指すなら、やっぱり栄養学部や農学部が強いんじゃないかな」

「農学部もありなの？　俺、てっきり農業やりたい人が行くところだと……」

「一口に農学部といっても、色んな学科があるからな」

　岡野は東京にある私大のパンフレットを手に取ると、「これは一例だけど」と農学部のページを開いてみせた。食品科学科という記載があり、卒業生の就職先には青木の知っている食品メーカーの社名が並んでいる。

「へぇー」

「食品関係で絞ってみるっていうのは、いい案かもしれないな。想太、食べるの大好きだもんな。ラウンジでお菓子や弁当食べてる時なんて、すごく幸せそうだし」

青木は顔を赤らめた。ここでも自分が食いしん坊なことはばれているのか……。

「井田にも同じようなこと言われたよ……」

そう言うと、岡野は「あぁ」と納得したような声を上げ、

「だから食品系に興味持ち始めたのか」

と、見事正解に辿り着いた。青木は少し気まずく頭をかく。

「あんまりよくないかな？　こういう他人に流されて決める、みたいなのって」

主体性が乏しすぎないかと不安に感じていたのだが、岡野は「別にいいじゃん」と軽く言う。

「きっかけなんて、なんでもいいんだよ。大事なのは目標に向かって真剣に取り組むことだろ」

「そっか……。うん、そうだよね……」

流された先が正しい道だった、ということもあるのかもしれない。肩から力を抜くと、岡野が微笑む。

「井田くんは想太のこと、よく見ているんだな」


翌日。駅のベンチで帰りの電車を待つ青木は、農学部を第一志望に考え始めたことを井

田に伝えた。

「へー、農学部か」

「うん。岡野くんからアドバイスもらってさ。農学部なら食品系の仕事にもつながるし、研究とかフィールドワークも面白そうだし」

「農学部なら俺の志望校にもあるぞ。秀英大」

「え、マジで？」

マジだ、と井田はスマホで秀英大農学部のホームページを開いてみせた。

掲載されている写真には、Tシャツ姿で田植えをしたり、白衣を着て顕微鏡をのぞき込んでいたり、馬に髪を食べられていたりと、学生たちの多様な姿が映っている。

「へぇー、いい感じじゃん」

写真に未来の自分の姿を重ねてみる。ラボで研究しつつ、実習では外で体をしっかり動かす。思い描いていた理想に近い。

「お、もうすぐオープンキャンパスが開かれるらしいぞ」

井田は上部に出ていたバナーをタップし、オープンキャンパスのサイトを開いた。第一回が六月の半ばの土日に行われる予定らしく、教育学部と農学部は同日開催だ。

青木と井田は目を見合わせる。

「一緒に行くか？」

井田の提案に、青木は「行く！」と即答した。

「初オープンキャンパス、楽しみだなー」

青木はへへっ、と笑った。もしも井田と一緒の大学生活が送れるなら、すぐそばにいられる日々がまた続くのなら、それは大きな励みになるに違いない。

「それじゃあまずは交通手段を決めないとな。新幹線か、安く抑えて夜行バスか……」

井田が新幹線の時刻表を調べ始めた。新幹線に夜行バス。遠出になりそうな雰囲気に、青木は首をひねる。

「なぁ、秀英大ってどこにあんの？」

「何を今さら……」

青木が冗談を言っていると思ったのか、井田はふっ、と笑って、

「京都だろ」

「――京都っ⁉」

思わずベンチから立ち上がる。

京都だって？　自分たちが暮らす埼玉からしたら、遠いなんてものじゃない。

「お前、京都の大学に行くつもりだったの？　なんでもっと早く言ってくれないんだよ！」

信じられない思いで井田を見下ろす。二人の関係にも影響を及ぼすかもしれないことだ。

決めた時点で青木に話すべきだろう。

「こっちにも大学はたくさんあるのに、まさか京都だなんて……。遠距離になるじゃん！」

そう訴えると、井田は真顔で、

「言ったぞ」

「……え？」

「言った。お前が塾に通い始めたころ、一緒に階段で昼飯食ってる時に。京都の秀英大に行きたいって」

淡々と言われ、青木は必死に記憶を掘り越した。

そういえば、どこかで京都という言葉を聞いた覚えがあるような……。

昼休み、屋上に至る階段、見知らぬ生徒のキスシーン、差し出されたカツサンド。

『俺……たぶんだけど京都……遠いけど……』

突然に蘇った記憶に、さぁっと血の気が引いていく。

――そうだ。確かにあの時、井田は何かを伝えていた。しかし当時の青木といえばキスだなんだと煩悩で頭がいっぱい、ろくに話を聞いておらず、適当に受け流してしまった。

「自分も行きたいみたいなこと、言っていたじゃないか」

井田は真顔のまま追い込んでいる。まったくもってその通りだ。たらりと冷たい汗が頬を伝った。

「そ、そうだけど俺、実はあの時、別のことを考えていて……」

「なんだ。本気じゃなかったのか」

ため息まじりに言った井田は、ぷいと青木から顔を背けると、

「それなら俺一人で行く」

「いやいや、確かにあの時はテキトーに答えちゃったけど……、でも秀英大がいいなって思ってるのは、マジでマジだからっ」

必死に取り繕うが、井田は視線を合わせてくれない。「無理すんなよ」と、初めて聞くような冷ややかな声音で言う。

「……井田、怒ってる?」

おずおずと尋ねると、井田はすくりと立ち上がって、

「……別に」

ホームに電車が止まった。さっさと電車に乗り込む井田の背を青木は慌てて追いかける。

「なぁ、井田……」

話しかけてみるが、井田は黙りこくって窓の外を眺めた。

こ、これはガチで怒っている……。

当然だ。井田は青木のことを親身に考え、適切なアドバイスをくれた。対して自分は井

田の話を聞きもせず、自身の願望ばかりに想いを馳せていた。あまつさえ、「もっと早く言え」と逆ギレまでするなんて……。

——俺の馬鹿たれ……！

自分の頭をポカスカ殴りつけてやりたい気持ちで、青木はつり革を握りしめた。

手に取ったガイドブックの帯には、「恋人と行く、京都はんなり旅行♡」と書かれていた。青木はがっくりと肩を落とし、棚にガイドブックを戻す。

「俺ってほんとに最低だよな……」

「ほんとだよ。よくふられなかったな」

青木の隣で別のガイドブックを読む相多は、相も変わらず遠慮がない。

休日、青木は京都行きに備え、相多を誘って駅ビルまで買い物に来ていた。井田にも声をかけたのだが、バレー部のメンバーと先約があるという理由で断られてしまった。

はたして先約というのは本当だろうか。自分と顔を合わせないための口実ではないだろうか。疑心暗鬼に陥る今の青木には、相多の率直さが胸に痛い。

「あっくん……友達なら励ましてくれよ……」

目を潤ませて訴えると、相多は「ったく、しょうがねーやつだな」とガイドブックを閉じ、ビシリと青木を指差した。

「いいか、青木。この旅行はチャンスだぞ」

「チャンス？」

「旅行って行ってる最中は楽しいけど、交通機関の下調べとかホテルの予約とか、七面倒なこともしなきゃいけないわけじゃん？　もしも恋人がそういうこと全部、スマートに手配してくれたとしたら？」

「頼もしすぎる……」

「地元で評判のうまい店に連れていってくれたら？」

「惚れ直しちゃうよ……！」

「その通り。たとえ幻滅されても、挽回する手立てはいくらだってある。あきらめるのはまだ早いぜ」

な？　と渡されたガイドブックを、青木は感激して抱きしめた。友達というのはやはりいいものだ。

「あっくん……！　あっくん……っ！」

「つーわけでお礼のお土産は、別茉堂の八つ橋でよろしく。美緒ちゃんには店舗限定のクリーム入りのやつね。じゃっ、俺は漫画見てくるんで」

片手を上げた相多は、さっさと漫画コーナーへ向かう。

「結局それが目的かよ……」

感激は薄れたものの、有益なアドバイスだったことは間違いない。

青木はガイドブックを数冊がばりとわしづかむと、レジへと向かった。


「これ、新幹線の切符」

東京駅の改札前。青木は事前に購入した切符を井田に渡すと、案内板を見上げた。

「俺らが乗る新幹線は十八番線発だから……こっちだ。ついてこい」

井田を先導してホームに向かい、京都行の新幹線に乗り込む。

「景色が見えたほうがいいだろ」

青木は井田を窓際の席に押し込んだ。荷物を棚(たな)に上げていると、井田が申し訳なさそうに言う。

「全部任せて悪かったな。手間だったろ」

新幹線の切符も今日の宿泊先も青木が予約をした。もちろん、青木からやりたいと宣言してやったことだ。

「平気平気。あ、そうだ。これ渡すの忘れてた」

着席した青木は、手荷物から手製の冊子を取り出し井田に渡した。表紙には『旅のしおり』と書き、舞妓のイラストも添えておいた。

「手作りじゃないか。こんなものまで用意してくれたのか」

驚いた様子でしおりをめくる井田の姿に、青木は確かな手応えを感じた。

行程表は完璧に仕上げた。いつどの電車やバスに乗るのか、どこで乗り換えるのか、一目でわかるように記載してある。

「絵まで描いてくれたんだな。これは宇宙人か？」

表紙を指して井田が尋ねる。「いや、舞妓だけど」と答えると、井田は「え……？」とイラストを見直した。

「――とにかく！」

青木はポンと自分の胸をたたいた。

「井田は大船に乗ったつもりでいろ。何から何まで俺に任せておけ」

保護者のいない状況で泊まり込みの遠出するのは、井田にとっても初めてのことだろう。不安を感じぬよう年上の自分がリードしてやらねば、と青木は思う。

「時間が余ったらちょっと観光しようぜ。名所とか食事場所の下調べもばっちりしてあるし。――あ、おやつも色々買ってあるから、途中で小腹が減ったら言えよ。モバイルバッテリーもあるからな」

「……あのさ、青木」

　井田はしおりを膝の上に置くと、青木の顔をじっと見つめた。

「長い道中、ギスギスしたり、変に気まずくなったりするのは嫌だから、ちゃんと言っておく」

「な、何を……？」

　ごくりと息をのんで身構える。やっぱり一緒に行くのはやめようとか言われたら、俺は泣く。絶対に泣く。

「この間は怒ってごめん」

　頭を下げられ、青木は慌てた。あれはこっちが悪かった。そう伝えようとするが、井田は青木を制して、

「正直、拗ねたんだ」

　恥じらうような口ぶりに、青木は戸惑う。

「拗ねた……？」

「うれしかったんだ。青木も秀英大に興味があるんだと思ったから。あの時は俺もまだ決めきっていなかったけど、青木と一緒の大学に行けるかもしれないって思ったら、気持ちが勝手に盛り上がってた。でもそれが勘違いだとわかって……なんかムカついた。――俺、最近おかしいんだよ」

　息をついた井田は、困惑した表情で首の裏をかく。

「俺は他人の言うこと、あんまり気にするタイプじゃないし、怒りっぽいほうでもない。でも、青木相手だと違うんだ。青木だけが、他の人とは違うんだよ」

「……それって……」

頰が熱を持ち始める。それはつまり、井田が自分のことを「好き」ということに他ならないのではないか。

「……なんでかな」

つぶやいた井田の頰も赤い。きっと井田も、それに気づいている。

「……この間のことは、俺もごめんな」

姿勢を正した青木は、井田の顔を見上げた。

「俺、ポンコツだから自分のことですぐ頭がいっぱいになっちゃうけど、井田のこと考えてないわけじゃないんだ」

「……うん。わかってる」

井田はしおりを掲げると、いつも通りの穏やかな笑みを浮かべた。

「遊びに行くわけじゃないけど、せっかくの旅行だ。楽しもうな」


夕食はガイドブックで紹介されていた和食レストランでとった。店から出た青木は、

「食った食った」と膨らんだ腹をさする。

「湯豆腐ってうまいんだな。初めて知った」

「うん。おばんざいもデザートもおいしかった。いい店選んでくれてありがとうな」

井田の笑顔に青木は充実感を覚えた。調べた甲斐があったというものだ。

オープンキャンパスはつつがなく終了した。青木も楽しんで参加することができた。農学部の模擬講義では酵母の働きを調べるということでパン作りが行われ、青木も楽しんで参加することができた。井田も教育学部のカリキュラムについて詳しく聞けたと満足している。

「お、雨だ」

井田が夜空を見上げた。直後、青木の手にぽつりと冷たい雫が落ちてくる。

「泊まるホテル、すぐ近くだから」

小雨が降る中、急ぎ足でホテルに向かう。

チェックインを済ませ部屋に入った青木は、リュックを床に下ろし、ふぅ、と息をついた。オープンキャンパスでは広い構内を歩き回り、そのあとの余った時間は学業にご利益があるという寺社を二つ巡ったので、体はもうくたくただ。

「今日は爆睡しそー。いびきうるさかったらごめんな」

節約のため井田とは同室だ。腰を伸ばしながら振り返ると、井田はベッドを指差し、

「一つしかないぞ」

そこには確かに大きなベッドが一つ。ただし、枕はふかふかと柔らかそうなものが二つ並んでいた。

「なっ、なんで⁉」

声を裏返らせた青木は、急いでスマホを取り出した。

「確かにダブルの部屋を予約したはず……」

予約完了後に送られたメールを確認すると、きちんとダブルと記載されていた。「ほら！」とメールを見せると、井田は言いにくそうに、

「ベッドが二つある部屋はツインだ。ダブルじゃない」

「なんで⁉　英語でダブルは二って習ったじゃん！」

青木は二本の指を突き立てた。ダブルバーガーはパティが二枚、ならばダブルの部屋にはベッドが二つ置かれてしかるべき。

こんなの罠だ。卑怯な騙し討ちだ。これじゃあ俺がまるで……まるで……っ。

「マジで！　ほんとにっ！　わざとじゃないから！」

額に汗を浮かべた必死の弁明に、井田は軽く噴き出した。

「わかってるって。そうだよな。ダブルは二だもんな」

ははは、と笑う井田の警戒心のなさが、青木は心配になる。――こいつ、こんなにのほほんとしていたら、いつか騙されて痛い目見るんじゃないか……。

「フロント行って、部屋替えてもらうぞ」

青木は扉に手をかけた。しかし井田はその場に立ったまま、

「いいんじゃないか。このままで」

「はい!?」

「男二人だと少し狭いけど、寝られないことはないだろ」

「――寝られるわけねーだろっ！　俺らオトモダチじゃねーんだぞ！」

顔を真っ赤にして叫ぶ。一体、こいつは何を考えているのか。いや、むしろ何も考えていないからこそ、こんなに平然としていられるのか。

「ほら、さっさと行くぞ」

青木は井田の腕を引っ張りフロントに向かった。ツインの部屋に変更できるか尋ねると、スタッフは深々と頭を下げ、

「申し訳ございません。ツインのお部屋は全室埋まっておりまして、ご変更は承れません」

「なら、シングルをもう一部屋取るっていうのは？」

スタッフはまたも「申し訳ございません」と頭を下げた。

「シングルのお部屋も空きがございません。なにぶん観光シーズンなもので……」

「そんな……」

絶望する青木の背後で、井田が「やっぱりダブルのままでいいんじゃないか?」とのんきに言う。

「絶対に駄目だ!」

凄まじい剣幕にスタッフがびくりと身を引いた。青木は慌てて作り笑いを浮かべ、

「いや、俺、寝相がめちゃくちゃ悪いんですよー。同じベッドで寝たら蹴っ飛ばしちゃうかもしれなくて。あははは一」

もうこれは自分が床で寝るしかないか。ため息をついてカウンターに手をつくと、「あの、お客様」と声をかけられる。

「もしよろしければ……旧館の和室をご用意することはできます。ただ、こちらは相当古い部屋でして……」

「それでお願いします!」

和室ならば布団を二組敷いて眠ることができる。食い気味に言って頭を下げると、スタッフはすっと目を伏せ、

「……かしこまりました。ご案内いたします」

旧館は新館と渡り廊下でつながっていた。案内のスタッフは「夢の間」という表札が掲

げられた扉の前で足を止める。

「こちらです」

　扉を開けたスタッフに促され、青木たちは畳(たたみ)に上がった。縁側のついた広い和室だ。天井や壁のしみが確かに古さを感じさせるものの、掃除(そうじ)はきちんと行き届いており、居心地は悪くなさそうだ。

「お布団のご準備は何時ごろに？」

「あ、それは自分らで」

「かしこまりました」

　頭を下げたスタッフは、すっと押し入れを手で示すと、

「寝具はあちらの押し入れにございます。上にある天袋でございますが――あそこは絶対に開けてはなりませんっ！」

　突然に強まった語気に、青木は「え？」とスタッフを見返した。小刻みに体を震わせるスタッフの目に、光は宿っていない。

「よろしいですか？　何があってもです。火事が起きようと地震が起きようと、ご両親、恋人が人質に取られようと、決して開けてはなりません！」

「えっ、それって……」

　古い旅館に怪談はつきもの。まさかこの部屋には何か曰(いわ)くが……。

「それではごゆっくりお過ごしくださいませ」

頭を下げて会話を断ち切ったスタッフは、逃げるように去っていった。

いつの間に勢いを増したのか、大きな雨粒がざあっと窓をたたいた。ごくりと生唾をのんだ青木は、いやいや、そんなわけないと天袋から視線を外した。

きっとカビがすごいとか、ネズミが棲みついているとか、そんなところだろう。荷物を下ろして座布団に座る。

「やっぱ和室は落ち着くよなー」

「なぁ、変な音が聞こえないか？　ミューって、子猫の鳴き声みたいな……」

部屋を見回しながら井田が言う。「子猫ぉ？」と耳をすませてみると、雨音にまじって確かに聞こえた。

ミュー、ミュー、と奇妙な音が。

途端、ぞくりと肌が粟立った。

「あそこからだな」

井田が視線を向けたのは天袋だ。青木は無理やりに唇の端を上げて笑う。

「ネ、ネズミでもいるのかもな。古い部屋だからしかたないよ」

「ネズミならミューじゃなくて、チューだろ」

井田がテーブルを押し始めた。何をするつもりか尋ねると、井田は「子猫が閉じ込められているのかもしれない」と押し入れの前にテーブルを移動させ、その上に立ち上がった。

「駄目だ！　そこは絶対に開けるなって言われただろ！」

青木は慌てて井田の足をつかんだ。が、井田は「でも確認はしないと」と、いつものいやつっぷりを惜しみなく発揮し、天袋の戸に手をかける。

「ばかやろうっ！　子猫じゃない！　騙されるな！」

なぜ自ら死亡フラグを立てようとする？　お前はホラー映画で真っ先に死ぬやつか？

青木は井田を止めようとテーブルに飛び乗った。——が、一足遅かった。

井田が天袋を開け放つ。

「ひぃっ……！」

青木は息を詰めて天袋を見た。空だ。ネズミも猫もいない。しかし奥の壁に、古びたお札が一枚貼ってあった。赤黒い染料で描かれた目のような印が、青木をじぃっと見つめる。

「——ギャアーッ！」

青木はテーブルから転がり落ちた。這うようにして壁際まで行き、ガタガタと震える自分の体を抱く。いつの間にかミューという音は聞こえなくなっていた。

「何もいないな。よかった」

戸を閉めテーブルから下りた井田は、安堵の笑みを浮かべた。

少しもよくない。ネズミや猫とは比較にならないヤベェもんがあっただろうが……。

「……俺たちはもう終わりだ。呪われた……」

青木はリュックから神社で買ったお守りを取り出した。学業成就のお守りだが、ないよりはマシなはず。

「井田、お前も買ったお守りを出せ。ちゃんと握りしめてろ。――つーか、待て。どこへ行く？」

部屋から出ようとした井田は、指で脱衣所を示すと、

「内風呂、どんな感じかと思って。足伸ばせるといいな」

このタイミングで風呂が気になるとは、どこまでのんびりしてんだ、こいつ。

「待て！　安全確認のため風呂は俺が先に入る。お前はこれ持って脱衣所の外で待ってろ」

青木は井田にお守りを押し付け脱衣所に入った。衣服を脱ぎながら扉の向こうに声をかける。

「井田、そこにちゃんといるか？」

「おー、いるぞ」

「なんか歌でも歌っててくれ。アニソンとか……とにかく明るいやつ！」

井田は「えぇ……」と戸惑ったものの、東ヶ岡の校歌を歌い始めた。

浴室に足を踏み入れた青木は、注意深く周囲を見回した。びくびくしながら浴槽の中を

のぞき、伏せられた洗面器を持ち上げる。

何かが潜んでいる様子はない。青木はシャワーの蛇口をひねった。

まさに烏の行水。頭と体を備え付けの石鹸で一気に洗い、すぐにシャワーで流す。湯が入ろうと泡がしみようと、絶対に目は閉じないまま。

おざなりに体を拭いて浴衣を羽織った青木は、「終わったぞ」と脱衣所を出た。井田は歌うのをやめ、

「早かったな」

「お前も早く済ませちまえ。俺もここで歌っててやるから」

「いや、落ち着かないからいいよ。お湯張りたいから時間かかるし」

あっさりと青木の申し出を断った井田は、「ほら」とお守りを返すと、バタンと脱衣所の扉を閉めた。

「ほ、ほんとにいいのか？」

「おー。湯冷めするから部屋で待ってろよ」

扉の向こうの影はそう答える。

いや、俺が怖いんだって……。

しかし落ち着かないと言われたのに脱衣所に張り付いているわけにもいかず、青木は部屋に戻った。

雨はさらに勢いを増して降り続け、雷の音まで響き始める。

天袋を警戒しつつ膝を抱えた青木は、スマホを手に取った。「除霊、方法」というキーワードを入力し、表示されたサジェストを眺める。

——除霊、方法、塩。——除霊、方法、念仏。——除霊、方法、ダンス。——除霊、方法、ダジャレ。——除霊、方法、エロいこと。

「エッッ……！」

思わずスマホを落とす。浴室から聞こえるシャワーの音が、急に生々しく感じられた。

何考えてんだよ、俺は……！

どぎまぎしながらスマホを拾うと、何をどう誤タップしたのか、「実話・恐怖の京都旅」と書かれたページが開かれていた。どうやらオカルト系ネットメディアの特集記事らしい。

読むべきではない。そう思うのに、京都という文字が気になって目が離せない。

投稿者・東京都在住A。

数年前、恋人と京都旅行に行った時のことです。自分たちのミスでホテルの予約が取れておらず、急遽飛び込みで別のホテルに宿泊することになりました。通された和室はとても古く少し嫌な感じがしましたが、雨の中やっと見つけた宿泊先、しかたないと受け入れました。しかし、それが大きな過ちだったのです。丑三つ時になったころ、突然部屋の電話が鳴り響き、私と恋人は目を覚ましました。こんな夜中に何？　不安を感じながら受話器を取ると、はっきり聞こえたのです。しわがれた声で「あそぼうよ」と。私はとっさに受話器を置きました。しかしその時、今度は真後ろから声がしたのです。あそぼおぉよぉおおぉ……。

それ以上読み進めることができなかった。スマホを放り出したのと同時、窓の外がピカッと光り、激しい雷鳴が轟いた。

プツン、と部屋の照明が落ちる。訪れた暗闇の中、青木の恐怖のメーターは一気に振り切れた。

「停電だな。近くに落ちたか」

井田の声がするほうへ、青木は駆け出した。ドン、と体同士がぶつかり、井田が「うわ」とつぶやく。

青木は目の前の体にひしとすがりついた。

「お化けだっ。天袋を開けたせいで、お化けが目覚めたんだっ。俺たちは取り返しのつかないことをしてしまった……！」

「ただの停電だろ」

直後、電話の音が鳴り響いた。青木は「ひっ」と声を引きつらせ、

「出るな！　これはお化けからの電話だ！」

「んなわけないって。——もしもし」

受話器は近くにあったらしい。躊躇（ちゅうちょ）なく電話に出た井田は「はい、はい」と相槌（あいづち）を打つ。

青木は井田がどこかへ連れ去られぬよう、首に回した手にますます力を込めた。

「わかりました。失礼します」

ガチャリと受話器を置いた井田は、青木の背中を宥（なだ）めるようにたたく。

「フロントからだ。やっぱり落雷で停電しただけだって。すぐに復旧するらしいぞ」

言葉通り、照明が再び点灯した。しかし、それでも怖いものは怖い。

「……うぅ……」

目から涙がポロポロこぼれた。「えっ、泣いてんのか」と驚かれ、情けなさにいっそう泣けてくる。

「勝手に出てくるんだから、しょうがねぇーだろぉー……」

「もう大丈夫だから、ちょっと離れろよ」

軽く体を押され、青木は「なんだよ、薄情者ぉー」と、井田の肩に額をぐりぐり押し付けた。

「いや、その……」

珍しく動揺したような井田の声が、耳元で小さくかすれる。

「あんまり引っ付かれてると、俺だって平気じゃないし……」

青木は顔を上げた。互いの吐息がかかるほど近くに、井田がいる。

その距離で目が合った。途端に石鹼の香りが漂い、風呂上がりのしっとりとした体温を感じる。

「──っ」

ばっと体を離して窓際まで一気に後退する。言葉が出ず、ただ金魚のようにパクパクと口を動かしていると、井田は気まずげに頰をかいた。

「そこまで怯えなくても……。お互い様では？」

「……お、怯えたんじゃなくて、びっくりしたんだよ。だってお前がそういうこと言うの、意外過ぎて……」

一つのベッドで寝るのは平気なのに、今のは平気じゃないなんて……。スイッチがどこにあるのか、まったくもってわからない。

「なんだよ、それ……。お化けには全然動じないくせに……」

「青木はお化けじゃないだろ。なんにでも動じないわけじゃない」

耳を赤くして襟の着崩れを直す井田の姿を、青木は呼吸を乱して見つめた。

──そうだ、と今さらながら気づく。この状況、本当にドキドキすべき相手は、お化けではなく井田なのだ。

「……もう寝るか」

眠ってしまえば、お化けの恐ろしさからも、この妙な気まずさからも逃れられる。井田の提案に、青木は「そ、そうだな」とうなずいた。

押し入れを開けて布団を引っ張り出す。どちらともなく並べた布団は、三十センチほど距離が空いた。

「明かり、全部消していいか？」

照明の下に立ってそう尋ねると、すでに布団に潜り込んだ青木は「小さいのだけ点けといて」と答えた。その通りオレンジ色の電球だけを点けて布団に入ると、「おやすみ」と小さなつぶやきが届く。

「おう。おやすみ」

雨足はだいぶ弱まった。静まり返った部屋にチクタクと壁掛け時計の音が響く。

疲れたな……。

まぶたの重さを感じ、井田は目を閉じた。特に後半は色々あったけれど、いい旅だったと思う。全部青木のおかげだ。

青木が寝返りを打った気配がした。もう寝たのかと思いきや、「なぁ」と声をかけてくる。

「うん？」

「あれやって。お化け来なくなるやつ」

青木も相当眠いらしく、声がいつもよりふにゃりとしている。井田は目をつむったまま、

「あれってなんだよ。そんな方法知らん」

「なんか色々あるじゃん。念仏唱えるとか、ダジャレ言うとか、踊るとか……」

「無茶振りだな」

大体、念仏はともかくダジャレや踊りってなんだ。そんなものが霊に効くとは思えない。

「エロいことするとか」

眠気が一気に弾け飛んだ。パチリと目を開け隣を見ると、青木はこちらに背を向けていた。

「……お前なぁ」

布団から身を起こす。

まったく……。人をのんきだ鈍感だと散々言うくせに、自分だって相当じゃないか。

「それは気を抜きすぎだぞ。俺、さっき結構なこと言ったと思うんだけど」

なんの気なしのことでも、この状況では誤解を招く物言いだ。

「……別に……」

もぞりと青木の布団が動いた。

「井田とだったら……怖くないし……」

井田ははっと息を詰め、青木の後頭部を見つめた。――誤解では……ない……？

頭をよぎったのは、かつて屋上で自分が発した言葉だ。

『わかった。次は俺からする』

次は今だと、青木は告げているのだろうか……。

ごくりと喉が鳴った。布団から出て青木の横に跪くと、ぎしりと畳がきしんだ。自分の心音がいやに大きく聞こえる。

「青木……」

手をつき、覆いかぶさるようにして青木の顔をのぞき込む。

両目を閉じた青木は、スヤァ、と穏やかな寝息を立てていた。

え……？　寝ぼけていただけ……？

固まった井田の前で「んー……」と寝返りを打った青木は、バンザイするように両手を広げた。

あまりに無防備で安らかな寝姿に力が抜ける。井田はため息をこぼすと、すごすごと自分の布団に戻った。

それが姿を現したのは、丑三つ時になったころだった。

青木の寝息を聞きながら、井田は眠れぬ夜を過ごしていた。身の内にくすぶる熱を持て余してゴロリと仰向け(あおむ)けになったその時、すぐそばからあのミューという音が聞こえた。

はっとして隣を見ると、青木の頭の上に何かがいた。

半透明のプルプルした、不思議な何か……。今日の夕食にデザートとして食べた水まんじゅうに、目鼻手足をくっつけたような姿をしている。

言うなればそれは、水まんじゅうの精。

水まんじゅうの精はミューミューと鳴きながら、青木の髪を引っ張った。それでも青木が起きないとみるや、今度は額の上に寝転がって手足をジタバタさせる。

「あそぼー。あそぼーよー」

水まんじゅうの精は、ミューと鳴く間に拙(つたな)い口調でそう言った。悪いものには見えず、たんに青木に構ってもらいたいだけのように思える。

「……眠いんだって」

片肘をついてそう伝えると、水まんじゅうの精は残念そうにミューとひと鳴きし、プルプルと体を震わせながら宙に浮かび上がった。

　半透明の姿が戸をすり抜け天袋に入っていく。井田は大きな欠伸（あくび）を浮かべたのち、ゆっくりと目を閉じた。

「あれは一体、なんだったんだろうな？」

　帰りの新幹線の中、そう首をひねる井田を、青木は横目でにらみつけた。

「その話、なぜ俺に聞かせた？」

「だってすごく不思議だったから……」

　言いながらじっと左肩に視線を注ぐと、狙い通り青木は「な、なんだよ？」と警戒の色を浮かべた。井田は何もない宙を指差し、

「左肩に何か乗ってるぞ？」

「キャーッ！」

　青木は自分の肩を必死に払った。「いる？　お化け、まだ俺の肩にいる？」と涙目で見上げられ、井田は声を立てて笑う。

「冗談だって」

「なんだよっ。なんでお前、今日そんなに意地悪なの？」

　恨めしげな声音（こわね）に、井田はつんと顎（あご）を上げた。昨夜に自分がされたことに比べたら、こ

のくらいの仕返しは可愛いものだ。

「えっ？　また怒ってんの？　俺、なんかした？」

「新幹線内ではお静かに」

駅構内の売店で買った湯葉まんじゅうを青木の口に突っ込む。青木はモガモガと何やら文句を垂れたが、すぐに目を輝かせて、

「何これ。超うめーじゃん」

幸せそうにまんじゅうを頬張る青木の姿に、井田はふっと笑みをもらした。

自分をこんなふうに笑わせるのも、この間のように怒らせるのも、青木ただ一人――。

発車のベルが鳴った。アナウンスが響き、ドアが閉まる。

「……なぁ、青木」

「ん？　半分食う？」

「やっぱ一緒の大学行こうぜ。青木がいないとつまんなそうだ」

そう伝えると、青木は餡子を口の端につけたまま、うれしげに笑う。

「おう！」

新幹線が走り出した。青木が隣にいる限り、向かう先はきっと明るい。

7

「なぁなぁ、あっくん」

掃除の時間、ホウキを持った青木は声を弾ませる。

「今日の放課後、パァーっと打ち上げしようぜ。ファミレスかどっかでさ」

機嫌が良いのには理由があった。昨日今日で行われた校内模試に、青木は確かな手応えを感じていたのだ。

秀英大の中で農学部は比較的難易度が低いとされているが、それでも青木からすれば高望みだ。塾に行く前の成績だったら、第一志望に書くことさえ許されなかっただろう。

けれどオープンキャンパス後、明確な目標ができたことにより、青木の受験に対する熱意は一気に高まった。勉強にぐっと身が入るようになり、今まで大きな弱点としていた数学の成績が平均点を越えるようになってきた。

今回の模試も青木からすれば上出来だ。さすがに合格安全圏にはまだまだ届かないだろうが、C判定ぐらいはもらえるのではないかと思っている。

「橋下さんも誘って、井田と四人でさ。井田にはもう声かけてあるんだ。久しぶりにみんなで楽しく集まるのもいいだろ」

ルンルン気分でそう誘うが、相多は「悪い。無理だ」と首を振った。

「俺と美緒ちゃん、放課後予定あるんで」

「おっ、デートかぁ?」

にやりと笑った青木は、ホウキの柄で相多の脇腹を突こうとした。しかし相多はさらりと攻撃をかわすと、

「いいえ。今日は美緒ちゃんちでお食事会でーす」

と、すまし顔でネクタイを締め直してみせた。

「それって橋下さんの家族と、ってこと?」

「そうだよ。ご招待受けてんの」

「マジで?　あっくん、もう親に紹介されてんの?　いつの間に?」

そのドキドキハラハラの一大イベントをすでに済ませているとは、相変わらず展開が早いカップルだ。

「まぁ、なりゆきで……」

相多が語ったなりゆきというのは、こうだ。

先日、相多と橋下さんは受験勉強の息抜き兼、相多が通う専門学校の下見のために東京へ出かけた。しかしデートを満喫した帰り道、問題が起こる。電車が車両トラブルで遅延したのだ。

「美緒ちゃん、夜の八時までには家に帰るって親と約束してたんだよ。でも遅延のせいで家に着くのが一時間ぐらい遅れちゃって……」

橋下さんを家の前まで送った相多は腹を決めた。真面目な橋下さんの両親のことだ。きっと心配しているだろう。このまま一言の謝罪もなしに帰るわけにはいかない。

「で、玄関先に出てきたご両親に事情を説明して、頭を下げたんだよ。そしたら向こうもそういうことならしかたないって許してくれてさ。『少し上がってお茶でもどうぞ』と誘ってくれたんだ。その状況で断れるわけないじゃん?」

「き、緊張しなかった?」

「めちゃくちゃしたわ。美緒ちゃんのお父さん、ガタイ良い上に強面なんだよ。もう怖ぇのなんのって」

ひえー、と青木は声をもらした。あの橋下さんに強面の父親がいるというのはうまく想像できないが、相多の怯えた口ぶりからすると、相当な恐ろしさだったのだろう。

「でも話しているうちに、なんと両親ともに元プロレスラーってことが発覚してさ」

「レスラー!?　マジで?」

「驚きだろ。道理で美緒ちゃん、フィジカル強いわけだよ。――で、そこからは会話、ちょー大盛り上がり」

両親のデビュー戦の映像まで見せてもらったのだと、格闘技好きの相多は目を輝かせた。

「で、その時に『今度はゆっくり食事でも』って言われて、その今度が今日なわけ」

「はー……」

こぼれたのは感嘆のため息だ。相多が自分とはかけ離れた大人に見えてくる。

「正直、意外だな。あっくんって彼女の両親とお食事だなんて固いこと、苦手だと思ってた」

「そりゃまぁ、得意ってわけではないけど……」

相多はひょいと肩をすくめると、

「でも、会えてよかったとは思うぜ。目元はお父さん似だなとか、声はお母さんそっくりだなとか、こういう家庭で育ったから優しくて強い子になったんだなって、美緒ちゃんのルーツみたいなのが見えてきて。なんか、より深く美緒ちゃんのことがわかった感じ」

「へぇー……」

それは少し……というか、かなりうらやましい。

自分と井田に置き換えて考えてみる。井田の母親とは家に行った際に一言二言挨拶を交わしたぐらいで、出張が多いという父親とは会ったことがない。青木の両親と井田は、顔を合わせたこともなかった。

まぁ、会わせたところで「恋人です」とは言えねーけど……。

青木はホウキの柄に顎をのせた。自分たちの前途は、まだまだ多難だ。

「そうか。相多たちは参加できないのか」

「うん。だから今日は二人で打ち上げな。場所どこにする？　すしごろー？」

放課後になり、井田と昇降口に向かっていると、ポケットの中でスマホが震えた。取り出してみると、母からの着信である。

「母さんから電話だ。ちょっと待ってな」

井田にそう告げ「もしもし」と電話に出る。すると母は、

「あ、想太。今日、お姉ちゃんがうちに来て、一緒に夕食食べることになったから」

青木の姉の千尋は、すでに結婚していて実家を出ている。しかし今日はともにパティスリーを営む夫が、学生時代の友人たちと飲み会を開くため不在なので、一人で青木家に帰ってくるそうだ。

「あの、でも今日は俺……」

「お父さんも早く帰ってくるって。寄り道しないですぐに帰ってきなさいよ」

母は自分が言いたいことだけを言い、さっさと電話を切った。青木はスマホを握ったまま井田を見上げる。

「ごめん。今日は姉ちゃんが家に帰ってくるみたいで……」

「話は聞こえた。家族揃って食事するのは久しぶりだろ？　打ち上げは次の機会にしよう」

こだわりなくそう言った井田に対し、「ドタキャンして悪いな」と謝罪した青木は、はたと気づく。もしかしてこれは、絶好のタイミングなのではないだろうか。

「あのさ、井田。もしよかったら……」


「いらっしゃーい！」

玄関を開けると、いつもより化粧を濃くした母が満面の笑みで立っていた。思った通りの気合の入れっぷりに、青木は「げっ」と声をもらした。

「こんばんは。初めまして、井田です」

折り目正しく頭を下げた井田を、母は「さぁ、入って入って」と手招いた。

昔から母は青木の友達に対してかなりフレンドリーな振る舞いをする。子供のころはそんな母の態度が恥ずかしく——正直言って今も相当恥ずかしい。

青木はちらりと井田の様子をうかがった。「おじゃまします」と家に上がった井田は、丁寧(ていねい)に自分の靴(くつ)を揃えた。母の勢いに圧倒された感じはなく、普段通りの落ち着きだ。

母の先導でリビングに入ると、父がキッチンでから揚げを揚げていた。青木と姉の好物である。

「やぁ、井田くん。よく来てくれたね」

笑顔の父に対しても井田は丁寧に頭を下げた。

「こんばんは。すみません。ご家族の時間におじゃまして……」

「俺が誘ったんだから気にすんなよ」

青木は井田を肘で軽く押した。「そうよぉ」と母がはしゃいだ声を出す。

「お友達が遊びに来てくれるっていうから、張り切ってお寿司の出前も取っちゃった」

「ありがとうございます。あの、何かお手伝いできますか?」

「井田くんはお客様なんだから、ゆっくり座ってて。手伝いはうちの息子がしますから。ほら、想太。ぼうっとしてないで、お皿並べなさい」

母に背をたたかれ、青木は「へいへい」と動き出した。そうこうしているうちに姉が到着し、寿司の出前も届く。

テーブルに料理が並び、食事が始まった。井田は口数は多くないが、人見知りをするタイプでもない。母や姉のおしゃべりに適切な相槌を打ち、うまく場に馴染んでいる。居心地が悪くならないよう自分が気を配らねばと思っていたが、その心配は必要なさそうだ。

「でもほんと、井田くんみたいないい子が想太の友達になってくれて安心したわ」

父の皿にサラダを取り分けながら母が言う。

「東ヶ岡って優等生タイプの生徒が多いでしょ。おっちょこちょいな想太がちゃんとやれるか、心配してたの」

「ちゃんとやれてますぅー」

青木は唇を尖らせた。井田の前であまり心配だとか言わないでほしい。いつまでも子供扱いされているみたいで恥ずかしい。

「青木がいると俺は楽しいです。たぶんクラスのみんなもそう思ってます」

井田の言葉に家族三人は目を見合わせ、安堵したように微笑んだ。妙なむずがゆさを感じ、青木は膝をポリポリとかく。

「それにしても井田くん……」

もりもりとから揚げを頬張る井田を眺め、母がほうっと息をついた。

「素敵ねぇ。背が高くて、穏やかで。学校でモテモテでしょ？」

「いえ、そんなことは……」

井田は困ったように微笑む。青木は視線で汚れるといわんばかりに、母に向かってしっ

し と手を振った。

「母さん、やめろよな」

「モテるに決まってるだろう。成績優秀でスポーツも万能らしいじゃないか。想太がよく話しているよ」

父の暴露に青木は「そんな話はしてないっ」と焦る。しかし姉までもが笑って、

「まるで自分の手柄みたいに得意になってね」

「なってねーって！」

ムキになる青木を井田がちらりと横目で見た。照れたようなその顔につられ、青木の頬も赤くなる。

「でも、モテると言えば、うちの想太も結構頑張ってるみたいよ？」

唐突かつまったく根も葉もない母の発言に、青木は「は？」と箸を止めた。母はにやりと笑い、

「今年のバレンタイン、本命チョコもらっていたでしょ？」

隣に座る井田と二人、揃ってぎくりとする。

なぜばれた？　あの板チョコは通学用の鞄に保管し、勉強の合間に少しずつ食べた。母が存在を知るはずないのに……。

「な、なんの話だよ？」

「とぼけないでよ。お母さん、おいしそうな手作りのカップケーキが冷蔵庫に入っているの、この目でちゃんと見たんだから」

　そっちか！　と青木は額を押さえた。確かに橋下さんからもらったカップケーキを一時冷蔵庫に入れておいたことはある。

「なんだ、その話。父さん、初耳だぞ」

「私もー。まさか想太に彼女ができるなんて」

「違うって！　あれは友達がくれたやつ！」

　そう否定するも、きゃっきゃっと盛り上がる家族には届かない。母はウキウキした様子で井田の顔をのぞき、

「ねぇ、井田くん。どんな子なの？　想太が付き合っている子は」

「ええと……」

「だからちげーって！　あれは橋下さんにもらったやつで……」

「橋下さんっていうの？　同じクラスの子？」

　興奮した母の追及は止まらず、井田は「あの、それは……」と、視線を巡らせた。

　困り切った様子に罪悪感が湧く。井田は嘘が苦手だ。それなのに関係を隠したがる青木のために、嘘をつかざるを得ない。

「優しい？　可愛（かわい）い？」

「はい。あっ、いえ……、確かに橋下さんは優しいですけど……でも、あの……」

井田が口ごもる。青木はバンッ、と箸を置いて立ち上がった。

「橋下さんは友達！　俺が好きなのは、別のやつ！」

大声で宣言した青木を、家族のみならず井田までもがぽかんと口を開けて見上げた。

「ちなみにそいつも、めちゃくちゃ優しいから！」

もはややけっぱちである。あっけに取られた家族が沈黙する中、どさりと椅子に座り直した青木は、がつがつと寿司を口に運んだ。

「……も、もう、母さんったら、はしゃぎすぎよ」

姉は座をとりなそうと、母の肩を軽く小突いて、

「ごめんね、井田くん。うちの親子喧嘩、いつもこのパターンなの。母さんが想太をからかいすぎて、想太がキレるっていう」

「だって想太ってリアクションがいいから、つい構いたくなっちゃって……」

わざとらしくしょんぼりしてみせた母に、井田は「あー……」とうなずき、

「ちょっとわかります。俺もそれやって、青木によく怒られます。なんかつい楽しくなっちゃって……」

「そうなの！　楽しいのよ！」

同士を見つけた母は、両手を合わせて喜ぶ。

――いや、そこでわかり合うなよ。文句の一つでも言ってやろうと思ったが、井田も母も楽しげだ。

青木は文句の代わりにため息を一つつき、口に寿司を放り込んだ。

「井田くん。ぜひまた遊びにおいで」

「これからも想太と仲良くしてあげてね」

「はい。ごちそうさまでした」

玄関まで見送りに来た両親に対し、井田は頭を下げた。青木は「駅まで送ってくる」と告げ、井田と一緒に家を出た。

六月下旬、夜の空気は湿気を含んで生温い。青木は隣を歩く井田を見上げ、

「なんかごめんな。あんまり落ち着かなかっただろ」

橋下さんの家族と良い関係を築いている相多がうらやましく、突発的に誘ってしまったけれど、急すぎたかもしれない。そもそも恋人を友達と偽って紹介すること自体に無理があった。

「そんなことはない。食事はおいしかったし、楽しかったよ。明るくていいご家族だ。青木は大事にされてんだな」

優しく微笑まれ、気恥ずかしくなった青木はポケットに手を突っ込む。

「んなことねーし。いつも叱られてばっかだよ」

「お礼に今度は、うちの食事に招待するな」

「えっ、いいの？」

「うん。母さんも喜ぶと思う」

「ありがとな。楽しみにしてる」

青木は笑った。青木の家族は間違いなく井田を気に入っていた。もし自分が同じように井田の家族に気に入ってもらえたら、それはとても幸せなことだと思う。

「それと、あれ、うれしかった」

ちらりと見下ろされ、青木は「あー、あれな」とうなずく。

「姉ちゃんが持ってきたゼリーだろ。あれ、超うまかったよな」

「そうじゃなくて……」

立ち止まった井田が首の後ろをかく。「何？」と青木が首を傾げると、顔を伏せた井田は少し気恥ずかしそうにして、

「自分が好きなのは橋下さんじゃないって、ちゃんと否定してくれたこと」

「……だって……それが本当だし……」

自分だって家族に対して嘘ばかりついていたくない。それに橋下さんが彼女だなどとい

う誤解は、こと井田の前では受けたくなかった。

だって、俺が好きなのは井田だし……。

それが明かせない真実であっても、あの瞬間は嘘で誤魔化(ごまか)したくなかった。

「あのさ、俺、今はまだ勇気が出ないけど……、もしも井田が大切な人に伝えたいって心底思う時が来たら、その時はちゃんと頑張るよ。自分の家族にだって、いつかはきちんと話したいし……」

「わかった。その時が来たら、二人で頑張ろう」

夜風が吹く。しかし上がった体温が冷めることはない。井田と目が合い、青木は無意識にポケットから手を出した。

歩み寄ったのは二人同時だった。井田が青木の肩に手を置く。

「青木……」

自分を呼ぶ声の甘さに、「次」は今かもしれない、と思う。その時――、

「井田くーんっ！」

夜道に響いた声に、青木はびくりと飛び上がった。背後を振り返ると、母が駆け寄ってくる。

「か、母さん!?」

「忘れ物。ほら」

母は井田にスマホを差し出した。しかしそれは井田ではなく青木のものだ。

「これ、俺のじゃん」

ひょいとスマホを取り上げると、母は「あら、そうなの?」と、とぼけた顔をした。

「見覚えがないから井田くんのものだと思っちゃった」

「カバー変えただけだよ」

「あら、やだ。本当だ」

頬（ほお）に手を当て、「恥ずかしー」と青木の腕をバシバシたたく母に付き合い、井田はハハと笑う。

青木はがっくりと肩を落とした。どうやら「次」は、どこか遠く去ってしまったようだ。


朝のホームルームを控え、青木は緊張の面持（おもも）ちで担任教師の到着を待ちわびた。今日は一月ほど前に受けた模試の結果が届く日だ。

C判定はもらえる自信がある。もしかしたらプラス評価もつくかもしれない。

「おはようございます」

教室に入った担任は、やはり模試の成績表を束にして抱えていた。青木はごくりと息をのむ。

「まずはみなさんお待ちかね、先月行った模試の結果を配ります。出席番号の順に取りに来るように。まず相多ー」

はーい、と出席番号一番の相多が席を立ち、二番の青木は待ちきれずそのすぐあとに続いた。

「相多、本当に大学進学しないのか？　お前、成績上がってるぞ」

担任は相多に成績表を渡しつつそう言った。しかし相多は「もう決めてるんで」と意志が固い。

「次、青木」

「はいっ」

ピシッと腕を伸ばして成績表を受け取ると、担任は大きなため息をついて、

「秀英大を目指すなら、もう少し気合を入れないとな」

「え……」

青木は成績表に目を落とした。Eというアルファベットが視界に飛び込み、とっさに成績表を裏返す。

「次は井田」

井田が教卓にやってきた。その横をそそくさと通り過ぎた青木は、自分の席に戻り、すーはーと深呼吸した。

さっきのは目の錯覚だ。そう自分に言い聞かせ、再度結果を確認する。

第一志望、秀英大学農学部、判定E。

——E!?

言葉が出ない。半年前の自分ならいざ知らず、今は塾に通い、毎日自習もしている。にも関わらず、まさかのE。しかも、手応えを感じていた数学の成績が極端に悪い。

一体、俺の努力はなんだったんだ……。

くらりとめまいがして、青木は頭を抱えた。


帰りのホームルームが終わり、担任が教室を出ていった。席に座ったままぼんやりとする青木に、井田が声をかける。

「青木、行こう」

へ？　と聞き返すと、井田は少し首を傾げて、

「豆太郎の散歩、一緒に行くんだろ?」

そうだった。豆太郎の散歩に付き合いたいと、昨日のうちに青木から持ちかけたのだ。

青木は「ちょっと待て」と慌てて帰り支度を始めた。

「今日は涼しくてよかったよ。あんまり暑いと、豆太郎を外に出せないからな」

「……なぁ、井田」

鞄に教科書を入れながら、自然なふりをして尋ねる。

「模試の結果はどうだった？」

今日一日、ずっと避けていた話題だ。井田の成績は気になったが、聞けば自分も話さないわけにはいかない。

「……あー、それが……」

言いにくそうにうつむいた井田の姿に、「悪かったのか？」と青木は目を見開く。

優秀な井田まで思わしくない結果だったのなら、それはつまり今回の模試のレベルが特別に高かったということ。E判定でも過剰に落ち込む必要はないのかもしれない。

「いや、A判定だった」

「A……」

青木はじとりと井田を見上げた。――なんだよ、超好成績じゃん。

「じゃあなんでそんなにテンション低いんだよ？」

「だって京都に進学したら、豆太郎と離れ離れになるだろ」

気重い口調に、青木は「はぁ……」と相槌を打つ。

「親がちゃんと世話してくれるだろうだけど、どうも俺のほうが寂しくなってしまって……。豆太郎を連れていくことも考えて物件を調べたんだけど、ペット可のところはどこも高いんだよ。バイトで賄うにしても、豆太郎を一人ぼっちにさせる時間が増えるわけだし、連れていくのはむしろ可哀そうかなと」

物件にバイト……。もはや井田の悩みは合否云々ではなく、次の次元へ移行しているらしい。

「……お前、受かる気満々だな」

「落ちるつもりで勉強しているやつなんていないだろ」

堂々と返され、青木は言葉に詰まった。なんというポジティブ思考。……いや、そう思えるだけの実力があるということだ。

「青木はどうだったんだ？」

——きた。ぎくりと硬直した青木は、右斜め上のほうを見上げて、

「……お、俺も余裕だったし！」

「ほんとか？」

「ほんとだしっ」

今度は視線が左斜め下に向かう。井田の顔をまともに見ることができなかった。

「そうか。安心した」

井田が笑う。その無垢な笑顔は鋭利な銛となり、青木の良心にグサリと突き刺さった。

「そうだよな。青木、一生懸命勉強してるもんな。当然だよ」

グサリ、グサリ、グサリッ。青木はズキズキと痛む胸を押さえ、

「……ごめん。俺、やっぱ今日は塾行く」

のんきに散歩をしていられる状況じゃない。もっともっと、一分一秒でも惜しんで勉強しないと……。

「いいのか？　昨日はあんなに豆太郎に会いたがっていたのに」

「悪いけど、また今度。いや、別に模試の結果はマジで余裕だったけど……ほら、油断大敵っていうだろ？　調子が良い時こそ、気を引き締めて頑張らないと」

鞄に教科書を放り込みながらそう言うと、井田は少しも疑うことなく、「確かにそうだな」と納得した。

「じゃあ、またな」

井田に手を振り、急いで教室を出る。

焦りと罪悪感で胸をいっぱいにした青木に、「鞄からなんか落ちたぞ」という井田の声が届くことはなかった。

「おー、想太。今日も来たのか」

塾に入ると、受付にいた岡野（おかの）が声をかけてきた。挨拶（あいさつ）をして自習室に向かおうとすると、

「ちょっと待て」と呼び止められる。

「先月の模試の成績表、もう届いたんだろ？　俺も内容把握(はあく)しておきたいから、見せてくれるか？」

「いいけど……」

結果の悪い成績表を見せるのは気が重い。ごそごそと鞄を探った青木は、「あれ？」と首をひねった。入れたはずの成績表が見当たらない。机の中に置いてきてしまったようだ。

「ごめん。学校に置いてきたみたい」

「なんだ。でも、結果は覚えてるだろ。どうだった？」

「それが……」

E判定、しかも手応えを感じていた数学の得点が極端に低かったことを伝えると、岡野は「マジかー」と頭を抱えた。

「塾内のテストでは良い調子だし、もっと上にいくと思ってたんだけど……。そうか、Eかぁ……」

落胆(らくたん)した岡野の様子に青木はうなだれる。親身になって勉強を教えてくれた岡野に対して、あまりに申し訳ない結果だ。

「ごめんなさい……」

「謝ることはないけど……。なぁ、想太。第一志望、変えたらどうだ？」

言われるかもしれないと思っていたことをズバリと言われ、青木の視界はうるうるとにじんだ。

「……やっぱ俺に秀英大は無理なのかな?」

鼻声で言うと、岡野は慌てて、

「む、無理とは言ってない！　単なる提案だよ」

カウンターのティッシュを抜き取った岡野は、「ほら、チーンして」と青木の鼻をぬぐった。

「あのな、想太。俺は今まで何人かの受験生を見てきたけど、第一志望の判定が悪いと、誰しもメンタルごっそり削られるんだよ。そこから一念発起して頑張れるやつなんて、そうそういない。みんな焦りと不安で勉強に集中できなくなるんだ」

「……うん」

それは理解できる。実際、今の自分の精神状況はズタボロだ。

「だから心の余裕を保つために、第一志望にはあえてもう少し易しい大学を据えておくんだ。農学部は他にもあるし、京都にこだわるなら、他の大学っていう手もある。将来に関わる大事なことだから、自分から選択肢を狭めないで、視野を広く持ったほうがいい」

思い遣りにあふれた、至極真っ当な意見だ。でも……。

「もちろん心の中の第一志望は秀英大でいい。夏休みでいくらでも挽回できるし、俺も協力する。ただ、想太に合ったいい大学は他にもあるってことだけは、覚えておいてほしい」

真剣な表情を向けられ、青木はすん、と鼻をすすった。

「……そうだよね。うん。そういうことも頭に入れておく」

暗い夜道、歩道橋の階段をとぼとぼと下りた青木は、はぁー、と深いため息をついた。

岡野の言う通りだった。閉室時間まで自習室にいたものの、不吉なEの文字が頭にちらつき、身を入れて勉強することができなかった。無意味な時間を過ごした気がする。

岡野のアドバイスは正しい。そのうち担任教師からも、きっと両親からも、同じようなことを言われるだろう。

「でもなぁ……」

二度目のため息をついた時、キィッと金属がきしむ音が聞こえた。顔を上げると、自転車にまたがる井田がいた。

「井田、何してんだよ？　こんな時間に」

「会えてよかった。どうしても話したいことがあって……」

井田は自転車から降りて青木の前に立った。風呂上がりなのか、スウェット姿で髪が濡れている。

「いや、だからってそんな格好で、わざわざ自転車漕いでまで……。夏だと思って油断してると、風邪ひくぞ」

「青木。お前、俺に嘘ついてるな」

井田が青木を見つめた。そのまなざしは、すべてを見透かすかのように真っすぐだ。

「え……」

それ以上言葉が出せないでいると、模試の成績表が差し出された。名前欄には青木想太とある。

「別れ際、青木の鞄から落ちたんだ。呼び止めたけど、お前は気づかなかった」

青木は黙って成績表を受け取った。このEの文字を井田も見てしまったのだ。

「どうして本当のこと言わなかったんだ？」

「だって……」

恥ずかしかった。焦っていた。心配させたくなかった。何より自分自身が、この結果に向き合えていない。

「本当に秀英大でいいのか？　他にも大学はあるだろ」

「馬鹿にすんなよ。頑張るのは勝手だろ……」

岡野の前では堪えた涙が、井田の前ではポロリとこぼれ落ちた。井田は青木の涙に動揺

を見せたものの、すぐに気を持ち直し、

「馬鹿になんてしてない。無理をさせたくないだけだ。嘘までついたのは、相当追い詰められているからだろ」

その通りだ。まともな反論などできるはずもなく、青木はやけになることしかできない。

「俺は絶対、あきらめねーから！　勉強だってもっともっと頑張るしっ……」

志望校を変えるべきだというのは、頭ではわかっている。青木のためを思っての言葉だというのも、十分に。

でも、井田にだけはそれを言ってほしくなかった。

井田にだけは、絶対にあきらめるなと言ってほしかった。

「でも、青木……」

「何言われたって、気持ちは変わんねーから！　俺は秀英大を目指すんだ！」

青木は伸ばされた手をかわし、たっ、と駆け出した。


翌日の昼休み、青木は相多と橋下さんとともに、渡り廊下のベンチで昼食を広げていた。

今日は井田が学校を欠席したため、橋下さんが気を遣って誘ってくれたのだ。

「井田、今日はどうした？　病気か？」

「たぶん風邪ひいたんだと思う」

相多の問いに、青木はもそもそとパンを食べながら答える。きっと濡れ髪のまま外にいたせいで、体が冷えてしまったのだろう。

「たぶん？　なんも連絡来てねーの？」

肩を落としてうなずくと、相多と橋下さんは目を見合わせた。

「……もしかして、井田くんと何かあったの？」

橋下さんに優しく尋ねられ、青木はうなだれる。

「全部俺が悪いんだ……」

模試の成績について嘘をついてしまったこと、そのことで井田と揉めたことを話す。すると相多は腕を組んで、

「そりゃあマジで全部お前が悪いな。やつ当たりじゃん」

予想に違わず一刀両断。「ちょっと、相多くん」と、橋下さんが窘めるように言った。

「橋下さん、いいんだ。あっくんの言う通りだよ。本当にあれは、ただのやつ当たりだった……」

一晩経って頭が冷えると、申し訳なさがどんどん募ってきた。心配してくれた井田に対して、不安をぶつけてしまった。

「青木くんから連絡してみたら？　きっと井田くん、元気になるよ」

そう言われ、スマホを取り出してみるがどうにも踏ん切りがつかない。うだうだしていると、「だーっ、まどろっこしい」と相多にスマホを奪い取られる。

「あっ！」

青木と橋下さんが声を上げている間に、相多は超スピードでフリック入力。慌ててスマホを奪い返した時には、すでにメッセージは送信されていた。

『井田っぴ♡♡♡　風邪ひいた？♡♡♡　大丈夫⁇♡♡♡』

お前こそ大丈夫か、という文面だ。送信を取り消そうとするが、すぐに既読となり、返信が届く。

『大丈夫じゃない。会いたい』


はぁ、はぁ、と肩で息をしながら青木は井田家を見上げた。

帰りのホームルームが終わるやいなや、青木は教室を飛び出した。猛ダッシュで駅に向かって電車に乗り込み、井田の家の最寄り駅に着くと、そこから再び猛ダッシュ。「会いたい」につられて飛んできたわけだが、いざ目的地に着くと、急に緊張してきた。

お見舞いの品とか用意したほうがよかったかも……。

覚悟が決まらず玄関先をうろうろしていると、ワンワンッと犬の鳴き声が聞こえた。直後、二階の窓が開き、豆太郎を抱えた井田が顔を出す。

「青木？　来てくれたのか」

「お、お前、具合は平気なのか？」

「おー。朝に少し熱が出ただけで、すぐに下がったんだ。待ってろ。今、玄関開けに行く」

言われた通り待っていると、まもなくして扉が開いた。

「上がれよ。部屋に行こう」

井田の様子は普段通りで、確かに調子は悪くなさそうだ。ほっと息を吐いた青木は、

「おじゃまします」と家に上がる。

「お母さんは留守なの？」

人気（ひとけ）がないのでそう聞くと、用事を済ませに出かけたとのことだ。先に階段を上がる井田は、ちらりと青木を振り返る。

「来てくれたんだな。豆太郎のおかげで気づけた」

「言っとくけど、最初のメッセージは俺じゃなくて、あっくんが送ったんだからな」

「なんだ。ふざけてんのかと思った」

軽く肩を揺らした井田に、「俺はあんなふざけかたはしねーって」と言い張る。

「それもそうだな。ちなみに俺もふざけたわけじゃないから」

そう言った井田の耳は少し赤い。青木はうつむいて、

「……知ってる」

　だから学校からここまでふっ飛んできたのだ。

「入れよ」

井田が自室の扉を開けた。するとベッドに立つ豆太郎が、ギロリと青木を睥睨した。

悲しいかな、青木は井田の愛犬豆太郎にあまり好かれていない。部屋に足を踏み入れた途端、「てめぇ、何しに来た？　あぁん？」とばかりに唸られる。

「そ、そんなに怒んなよ。ちゃんと大人しくしてるから。――ってか井田、勉強してたのか？」

井田の机に上には参考書とノートが広げられていた。病み上がりなのに、真面目なやつだ。

「秀英行きたいって言い出したのは俺なのに、落ちるわけにいかないだろ。絶対一緒の大学行きたいし……」

　ベッドに腰かけた井田は、はっとした様子で自分の口をふさぐ。

「悪い。こういうのがプレッシャーになるんだよな。でも、無理に押し付けるつもりはないんだ」

「いや、井田はなんも悪くねーよ。昨日のあれは、たんなるやつ当たりだ。ごめん」

　青木はベッドの前に膝をつき、井田を見上げる。

「でも俺、嫌々勉強しているわけじゃないんだ。オープンキャンパスに行って、本気で秀英大に入りたいって思った。無理してるんじゃなくて、ちゃんと頑張りたいんだよ」

　秀英大に行きたいというのも、井田と一緒にいたいというのも、他の誰でもない、青木自身の願いだ。

「周りからしたら相当危なっかしく見えるのはわかってる。でも、井田には見守ってほしいんだ。だってほら、俺って結構調子にのり易いタイプじゃん？　井田さえ信じていてくれるなら、どこまでも頑張れそうな気がするんだ」

「そうか……」

　井田は豆太郎を膝にのせると、ぎゅっと抱きしめて、

「……わかった。信じる」

見つめ合って微笑(ほほえ)みを交わす。と、豆太郎がウゥーッと青木に対して牙をむき出しにした。完全に邪魔者扱いだ。

「じゃあ、俺行くわ」

伝えたいことは伝えられた。「風邪(かぜ)、早く治るといいな」と立ち上がると、井田は青木の裾(すそ)を引き、

「行くって塾に？」

「うん。自習室で模試の見直しする。岡野くんもいると思うし」

　現実を直視できず、まだ手をつけていなかった。しかし、そろそろ腹をくくらなければ

なるまい。

「いつも岡野岡野だな」

「そりゃあ塾講師だもん」

「……俺だって模試の問題なら教えられるけど」

ふてくされた顔に、青木は「ふーん」と満更でもない笑みを浮かべる。——なんだ。帰ってほしくないなら、素直にそう言えばいいのに。

「じゃあ、今日は井田先生に教えてもらおうかな」

テーブルの前に座ると、井田は「おう」とうれしそうにうなずいた。豆太郎を床に下ろし、自分の机に向かう。

「俺も勉強するけど、わかんないところあったら遠慮(えんりょ)なく声かけろよ」

「うん」

青木はテーブルに模試の問題と解答集を広げた。見直しを進めていくが、どうにもおかしい。ページを最後までめくり、全解答を確認した青木は、「……なぁ」と井田に声をかけた。

「ん、どうした？」

「俺、マークミスしたかもしれない……」

模試はマーク形式だ。自分が選んだ答えは問題用紙に印をつけておいたが、解答集と照らし合わせると、そこまで誤答は多くない。

　つまり、どこかで解答がずれたため、点数が予想を大幅に下回ったと考えられる。

「問題、貸してみろ」

　井田が採点をし直した。すると、成績表に記された点数とは六十点以上の差が出る。その結果をもとに改めて導き出された結果は、なんとC判定。

「よかったぁー！」

　安堵が極まり、青木は井田に抱きついた。努力の成果はちゃんと実っていたのだ。自分のうっかりミスではたき落としてしまったけれど。

「お前なぁ、おっちょこちょいかよ」

　ポンポンと青木の背中をたたいた井田は、しかしふと真顔になると、

「――同じミス、本番では絶対にするなよ」

　と、青木の両肩をがっちりつかんだ。

「な、なんだよ。急に圧がすげぇな」

「頑張った結果の実力不足ならしかたないが、こんなケアレスミスで離れ離れだなんて、悔やんでも悔やみきれない。絶対に二人で秀英に行くんだろ？」

　井田の期待が、どどーん、と大波のように押し寄せる。

　確かに信じてほしいとは言ったが、すさまじい思いの入れようだ。もし不合格だなんて

ことになったら、自分より井田のほうがショックを受けるかもしれない。

これは本当に気合を入れなければ……。

青木は決意を新たに、鉛筆を持ち直した。


青木は時計に目を向けた。十八時過ぎ。そろそろ帰らないと、夕食の時間に遅れる。

「もう帰るわ」

荷物を鞄(かばん)に入れて立ち上がると、「駅まで送る」と井田も立った。

「いいよ。今日は家で大人しくしてろ」

「じゃあ玄関まで」

井田とともに階段を下りる。靴(くつ)を履(は)こうとすると、「そういえば」と井田が口を開いた。

「この間の約束。今度はうちで食事をしようって話だけど」

「おぉ。覚えていてくれたのか」

「夏休みに入ってからでもいいかな。うちの父親、今は長期出張でいないんだけど、お盆辺りには帰ってくるみたいだから。せっかくの機会だし、家族が揃っている時がいいと思って」

「お、俺はいつでも！」

井田家でお食事、しかも両親揃って……。俄然緊張してきた。ちゃんとお行儀良くして、あわよくば「青木くんって礼儀正しいいい子ね」とか思われたい。

「じゃあ、あとで親に話しとくな」

頼む、と青木が言った直後、玄関の扉が開いて井田の母親が姿を見せた。

「あら、青木くん。来てたの」

驚いた顔をした井田の母に、青木はビシッと九十度の角度で頭を下げた。少しでも印象を良くしたい。

「今、帰るところです。どうもおじゃましました」

「……そう。気をつけて帰ってね」

「はい、失礼します。――じゃあな、井田」

井田に手を振り玄関を出る。門をくぐったところで、青木はほーっと充実のため息をこぼした。

まったく勉強が手につかなかった昨日が嘘のように、今日は集中できた。やっぱり井田の力は絶大だ。

「この調子で頑張ろ」

一人つぶやいた青木は、英単語帳を眺めながら帰ろうと思い立ち、鞄をのぞいた。しかし単語帳はどこにも見当たらない。井田の部屋に置いてきてしまったようだ。

「やべ。取ってこないと」

回れ右をして井田の家に引き返す。チャイムを鳴らそうとすると、玄関横の開け放たれた小窓から、井田が母親と話す声が聞こえた。

「一体、どういうつもりなの」

厳しい口調に青木はピタリと動きを止める。――もしかして井田、怒られてる？

「受験生だっていうのによく一緒に遊んでいるようだけど、まさか風邪の時にまで……。お母さん、そういうのは感心できないわ」

あ、と小さく声がもれた。

――俺だ。井田とお母さんは、俺のことを話しているんだ……。

「こんなこと言いたくはないけど、青木くんとの付き合い方、もうちょっと考えなさい」

「……わかったよ」

井田の低い声が届いた。青木は一歩後ずさり、そのまま踵を返して井田家を出る。自惚れていた。自分の家族が井田を好いていたように、自分も好かれる気でいた。でも、井田の母親にとって青木は、息子の友人として相応しくないのだ。

よりによって井田浩介という人間を生み育てた人に、そう思われている。

『わかったよ』

井田の声が何度もリピートする。井田は一体、何をわかってしまったのだろう。

8

「おっ、おはよー。井田」

「井田くん。具合良くなったんだね」

　教室に入ると、相多と橋下さんが声をかけてきた。井田は「おう」と片手を上げ、二人に近づく。

「心配かけたな。もうすっかり元気だ」

「青木が家に行っただろ。ゴタゴタはちゃんと治まったのか？」

「おかげ様で」

　軽く笑って言うと、相多は「ほらぁ」と橋下さんに向かって胸を張った。

「俺が送ったメッセージ、ナイスアシストだったじゃん。おまぬけとニブチンの二人には、あれぐらい思い切ったことしてやったほうがいいんだよ」

「はいはい。わかったってば」

相多の得意っぷりにくすりと笑った橋下さんの机には、一枚のチラシが置いてある。毎年八月下旬に中央公園で行われる夏祭りの案内だ。

「おっ、やっぱこれ、気になる？　今年は花火、かなり派手にやるらしいぞ。俺らは二人で行く予定」

「へぇ……」

井田はチラシを手に取った。青木を誘ってみてもいいかもしれない。夏休みの良い思い出になりそうだ。

「あっ、青木くんが来たよ。おはよー」

教室に入ってきた青木に橋下さんが手を振った。井田はチラシを机に戻すと、青木のもとに近づき、鞄から英単語帳を取り出した。

「おはよう。これ、昨日うちに忘れていったぞ」

「あぁ。さんきゅ」

「青木、夏休みのことだけど……」

そう切り出すと、青木は「あっ」と声を上げた。

「俺も言っておきたいことがある。廊下に出てもらっていい？」

おう、と鞄を自分の机に置いた井田は、青木のあとに続いて廊下に出た。二人並んで壁際に立つ。

「そっちからどうぞ」

　井田が言うと、青木は気まずげにうつむき、

「あのさ、俺、夏休み中はガチで勉強するつもりなんだ。塾の時間も増やして、夏期講習とかにも参加しようと思う」

　井田も夏期講習への参加は検討していた。受験生なのだから、そのくらいの心構えは必要だろう。

「あぁ。いいんじゃないか」

　だから軽く答えると、青木はますます下を向き、

「……だからこれからしばらく、一緒に遊んだり、連絡取ったりするのはなしにしたい。距離を置きたいんだ」

「なしって……完全にゼロってことか？」

　もちろん井田とて今年の夏は遊びを控えることになると思っていた。しかし連絡までまったく取らないというのは、ずいぶんと思い切った提案だ。

「俺の今の成績だと、よそ見している時間はないんだ。塾からも合否は夏休みの過ごし方で決まる、って言われてるし、井田と会うと、つい甘えが出ちゃうからさ。だからあの……、せっかく食事に誘ってもらったけど、それも一旦キャンセルということにしてほし

くて……」

遠慮（えんりょ）がちに顔色をうかがわれ、井田は肩をすくめる。

「……そういうことなら、わかった」

それだけ受験に対して本気になったということだろう。寂しいとは思うが、我儘（わがまま）を言って足を引っ張りたくはない。何せ一緒の大学へ行けるかどうかがかかっているのだ。

「この夏はお互い頑張ろうな」

「……うん。それで、そっちは何を言おうとしたんだ？」

青木の問いに、井田は「あー」と口ごもる。

「いや。気にしなくていい。大したことじゃないんだ」

しかたない。今年は花火はおあずけだ。思い出は大切だが、未来はもっと大切なはずだ。

「駿（しゅん）。ちょっといいか。この英文の訳なんだけど……」

井田は向かいに座る豊田（とよだ）に対し、参考書を広げてみせた。

夏休みの終わりが見え始めた八月下旬（げじゅん）、井田は豊田の家で勉強をしていた。井田は理系に強く、豊田は文系に強い。二人で教え合えば効率が良いだろうという思惑だ。

どれどれ、と豊田が参考書をのぞいた。その時、勢い良く扉が開け放たれ、

「ジャジャーン！　差し入れ持ってきたよーっ」

と、豊田の彼女であるマイが登場した。

マイは井田と豊田の幼馴染みだ。幼稚園から中学までは三人揃って同じ学校に通っていたが、高校はマイのみが別のところへ行っている。

「コンビニでアイス買ってきたの。溶けちゃうから早く食べよ」

涼しげなワンピース姿で袋を掲げたマイに、「おー、ありがとな」と豊田は目じりを下げた。

豊田の幼稚園からの一途な想いが実を結んだのは、中学生の時だ。幼少期はキス魔として知られ移り気だったマイも、豊田と交際してからはすっかり落ち着き、二人は今も相思相愛の関係を続けていた。

井田はテーブルを片付けながら「久しぶりだな」とマイに声をかける。

「ほんと。しばらく会わなかったよねー。駿から近況は聞いていたけど」

バー型のアイスを井田に手渡したマイは、テーブルに寄りかかるとにっこり笑う。

「浩介、恋人ができたんだって？」

えっ、と井田が戸惑うと、「浩介、悪い」と豊田がすまなそうに両手を合わせた。

「話さないわけにはいかなくて……」

豊田の話によると、マイが彼氏を欲しがっている自分の女友達に、井田のことを紹介しようとしていたそうだ。それを知った豊田は慌てて「浩介にはもう付き合っている人がいるから」と、止めたという。

「びっくりしたよ。あの犬にしか興味のなかった浩介に、恋人ができるなんて」

ワクワクと尋ねられ、井田は視線を泳がせた。

「……まあ」

「マイにはすぐに教えてくれたっていいじゃん。ほんと水臭いんだから。——で、どんな子？　可愛い系？　きれい系？」

「どっちかと言ったら可愛い系……かな」

キャー、と高い声を上げたマイは、興奮した様子で豊田の肩をビシバシたたいた。

「可愛いだって！　あの浩介が！　ね、今度四人で遊ぼうよ。ダブルデートしよ」

「マ、マイ。そんなぐいぐいいったら、井田も困るだろ。それに青木も結構シャイなやつだから」

気を遣った豊田が割って入るが、マイの勢いは止まらない。

「アオキ？　彼女、青木さんっていうの？　駿だけずるい。マイも会ってみたーい」

「悪いけど、今はちょっと難しいんだ。俺たち、距離を置いてるところだから」

アイスの封を切りながらそう伝えると、マイと豊田は「えっ」と声を揃えた。

「浩介、それ、マジの話？」

身を乗り出した豊田に、井田は「おう」とうなずく。

「受験勉強に集中したいから距離を置こうって言われてるんだ。実際、夏休みに入ってからは一度も会ってないし、連絡も取ってない」

きっと今も必死になって勉強しているのだろう。自分も頑張らなければ、と井田はアイスにかじりつく。

「何のんびりしてんの、浩介。それって別れるための口実だよ」

マイの真顔に、井田はぱちぱちと目を瞬かせた。

「……は？」

「ち、ちょっと、マイ」

豊田は焦った様子でマイの口をふさごうとする。しかしマイは豊田の手を押しのけ、

「距離を置きたい、なんてフェードアウト狙ってる時の常套句じゃん。一か月も連絡も取ってないって？　いくら受験を控えてるからっていっても、それは異常だよ。好きな人との時間は、なんとしてでも作るものでしょ、普通」

幼馴染みの遠慮のない指摘が、ズダダダッ、とマシンガンのように井田の体を撃ち抜く。

井田は青木の言葉をそのまま受け取っていた。裏に隠された意図があるなど、思いもしなかった。

それが、別れるための口実？　フェードアウト狙ってる時の常套句？

「マイ、ちょっとブレーキ踏もうか。これ以上は井田、死んじゃうかもしれないから」

「だってどう考えたって変じゃん。マイは中学から駿と付き合ってるけど、距離置きたいなんて思ったこと一度もないよ」

「マイ……♡」

二人の世界に入り込みかけた豊田は、しかしすぐに我に返って、

「いやでも、青木じゃん？　そういう賢しい手は使わないと思うけどなー」

確かに青木の性格からしたら、関係の自然消滅をひそかに企むということはしないだろう。けれど井田を慮って言い出せない、ということはあるかもしれない。

「……でも、なんで……」

井田は自問する。模試の成績を巡っていざこざはあったが、あれは解決したはずだ。

「しつこくして愛想つかされたんじゃないの？　浩介って気に入ったものに対しては、構いすぎるところがあるから」

マイの言葉に、井田ははっとなった。夏休みに入る前、母にも同じようなことを言われた。

「こんなこと言いたくはないけど、青木くんとの付き合い方、もうちょっと考えなさい」

「……わかったよ」

首に手をやりそう言うと、「本当にわかってる？」と母は疑わしそうにした。

「浩介はね、いつもマイペースすぎるのよ。今日だってあなたが青木くんのこと呼びつけたんでしょ？」

「呼びつけたというか……」

来てほしいと望みはしたが、本当に来てくれるとは思わなかった。熱が下がったあとも残っていた体のだるさは、青木の姿を見た途端、どこかへ消えた。

「あちらだって受験生なのよ。もっとしっかり思い遣ってあげなさい。風邪をうつしでもしたら、青木くんの貴重な勉強時間を割くことになるの。もしそのせいで不合格なんてことになったら、青木くんにもあちらの親御さんにも、申し訳が立たないわ」

確かに風邪をうつすのはまずい。井田は母をしかと見返し、

「わかった。次は元気な時に呼ぶよ」

「全然わかってないじゃない！」

母はポコンと井田の胸をたたいた。

「青木くんに迷惑かけないよう、もっと控えなさいって言ってるの！　しつこくして青木くんに嫌われても、知らないからね！」

「……もしかして……俺ってしつこいのか……？」

井田のつぶやきに、「何を今さら」とマイはアイスを口に運んだ。

「大福がハゲたのだって、浩介が好き好き言ってちょっかい出しすぎたせいじゃん」

大福というのは井田家の先代犬だ。当時小学生だった井田は犬の扱い方をわかっておらず、大福の気分を考えないまま撫で回すわ抱きかかえるわ、好き放題に振る舞っていた。結果大福はストレスでハゲができ、井田は両親にきつく叱られた。

確かに自分は青木に対して、からかってみたり余計な口出しをしてみたりと、つい構いすぎるきらいがある。そこに悪い意図は決してないが、青木にとっては相当な負担だったのかもしれない。

「青木は、俺に嫌気が差したのかな……」

積もりに積もったものが、あふれる寸前なのだろうか。それとも、もうあふれてしまったのか——。

ポタリ、と食べかけのアイスから雫がこぼれ、井田は慌ててティッシュを手に取った。

「浩介さ、そんなに心配なら青木に連絡取って、本当のところを聞いてみろよ」

豊田の言葉に、「そうだよ」とマイが同意する。

「このまま手をこまねいてるだけじゃ、気持ちは離れていく一方だもん。まぁ、うざいってさらに嫌われる可能性もあるけど」

アクセル全開でぶっ放すマイを、「だからブレーキ踏めって」と豊田が窘める。

「さらに嫌われる……」

がくりとうなだれたその時、ポケットの中でスマホが鳴った。届いたメッセージは、青木からのものだ。

『明日、一緒に中央公園の祭りに行かないか？　会って話したいことがあるんだ』


夜の中央公園。出入り口付近に立つ井田は、祭り会場の様子を眺めた。

ピーヒャラと祭囃子の音が賑やかに鳴り響いている。生演奏ではなくどこかの出店が流しているＢＧＭだが、それでも雰囲気は十分だ。提灯に照らされた人々は明るい表情で祭りを楽しんでいる。

井田はため息をついた。自分が抱える鬱々とした気分は、このハレの場に到底相応しくないように思える。

「おまたせ」

肩に手を置かれ、はっと背後を振り返る。

一か月ぶりに会った青木は、根を詰めて勉強したのか、ほんの少しばかり顎の辺りがシャープになった気がする。けれど浮かべた笑顔は、何かを吹っ切ったように晴れやかだ。

「悪いな。距離を置きたいなんて俺から言ったくせに呼び出して。でも、せっかくの夏祭りだし、どうしても井田と行きたくてさ」

わくわくした様子で会場をのぞき込む青木に、井田は尋ねる。

「……話したいことっていうのは？」

「あー、それはあとで。まずは祭りを楽しもうぜ。最後の思い出作りだ」

「最後……」

井田は息をのんだ。

やはり、青木はもう心を決めている。今日を最後に自分と別れるつもりなのだ……。

「早く行こうぜ」

腕を引かれた井田は、青木の無邪気な横顔から目を背けた。

残されたゴム弾は一発。ピストルを構え直した青木は、ペロリと唇の端をなめる。
狙うは五番の札。あれを倒せば、屋台にずらりと並んだぬいぐるみのうち、一つがもらえる。
照準を合わせ、引き金を絞る。パンッ、と飛び出したゴム弾は、見事五番の札を倒した。
「よっしゃー！」

飛び跳ねる青木に、屋台の店主が「好きなの選びな」とぬいぐるみを示す。青木は迷うことなく柴犬のぬいぐるみを選び取ると、「ほら」と井田に差し出した。

「やるよ。豆太郎に似てるだろ」

しかし、井田はぼんやりと突っ立ったまま受け取ろうとしない。

「井田？」

「え？　あぁ、くれるのか。ありがとう」

それ以外、さしたる反応を見せずに井田はぬいぐるみを小脇に抱えた。穏やかな笑みを浮かべることもなければ、「可愛いなぁー」という言葉もない。

「……もしかして、あんまり楽しくない？」

今日の井田は様子がおかしい。表情は固いし、いつも以上に口数も少ない。祭りを満喫しているようにはとても見えなかった。

「……別に」

それだけを言って黙り込んだ井田の姿に、やっぱり、と青木はこぶしを握った。

あの時、井田の母親は青木との付き合い方を考えるように言い、井田はそれに対して「わかった」と答えた。

それはつまり、井田が青木との関係を見つめ直しているということ。何せ実の母親に反対されたのだ。別れを告げられる可能性は十分にあり得る。

——そんなのは嫌だ……！

青木はポケットに手を入れた。そこには、井田の心を引き留められるかもしれないものが入っている。

これを手に入れるため、青木は井田との関係を一時的に断ち、夏休みのほぼすべてを捧げたのだ。

「……井田」

話をしようとしたその時、まもなく花火の打ち上げが始まるというアナウンスが響いた。花火会場に向かおうとする人々が一斉に動き出す。人の波に押された青木は、ふらりとよろめいた。

「うわ……！」

転びそうになった青木を井田が力強く抱き寄せる。

「平気か？」

顔をのぞき込まれ、「う、うん……」とまごつきながら答えると、井田は青木を支えながら人混みをかき分けた。

自分を守ってくれようとする体の温かさに、涙がこぼれそうになる。このぬくもりを手放したくないと、青木は強く願った。

「危なかったたな」

屋台の陰に辿り着き、井田が離れる。青木はその腕をそっとつかんだ。

「話がしたい。ついてきてくれ」


青木が井田を連れてきたのは、公園の裏手、小高い丘の上にある古い社の前だ。周囲に人の姿はない。ここなら落ち着いて話ができるだろう。

「あのな、話っていうのは……」

ポケットに手を入れ、あれを取り出す。しかし井田は青木から顔を背けると、

「嫌だ。聞きたくない」

普段の穏やかなトーンとはまったく違う、怒気さえはらんだ声音だった。青木は声を震わせる。

「……な、なんだよ、それ。井田だって喜んでくれると思ったのに……」

「喜べるわけないだろ」

捨てるように言われ、青木はうなだれた。

井田の中ですでに答えは出ているのだ。思わず手に力が入り、あれがくしゃりと音を立ててつぶれた。

「井田……。やっぱり俺と別れるつもりなんだな……」

確かに自分は井田に相応しい人間ではないかもしれない。頭も要領もそんなに良くないし、早とちりをして迷惑をかけることも多い。

でも——。

「……ん？」

「考え直してくれないか？」

一歩踏み出し、井田の前にあれを広げてみせる。

夏休み中、個人的に受けた大手予備校の模試の成績表——秀英大農学部、判定Bと書かれた成績表を——。

「俺、もっと勉強して次はA判定を取るよ。絶対秀英大に合格してみせるし、就職だっていいところを目指す。今は井田のお母さんに嫌われていても、いつか認めてもらえるように頑張るから！」

井田が好きだ。離れたくない。

だからこそ会いたい気持ちを抑え、全力で勉強に打ち込んだ。

井田を大切に思う人に、ちゃんと認めてもらえるように。自分自身が堂々と、自信を持って井田の隣に並べるように。

「だから頼む。別れるなんて言わないでくれっ！」

必死になって言い募る。みっともなくても、情けなくても構わない。

もっと井田のいろんな表情が見たい。まだまだ一緒にしたいことがたくさんある。この恋を終わりにしたくない。絶対に――。

「……青木、ちょっと待ってくれ」

井田はすがりつかんばかりの青木の肩を押さえると、

「俺の母親に嫌われてるって、どういうことだ？」

「聞いちゃったんだよ。井田のお母さんが俺との付き合いを考えろ、ってお前に言ってたの。お母さん、俺のこと、良く思っていないんだろ？　だから俺と別れようとして……」

ぐすり、と青木は鼻を鳴らす。すると井田は大きく息を吐き、青木の肩をつかむ手に力を込めた。

「それは違う。誤解だ」

「誤解……？」

「母さんはあの時、俺に怒っていたんだ。俺が青木を家に呼びつけるようなことをしたから、風邪をうつしたらどうする、もっと思い遣ってやれって」

「え……そうなの……？　じ、じゃあなんで井田は今日、様子がおかしかったんだ？　めちゃくちゃ思いつめた顔してたぞ？」

「俺はてっきり、自分が青木にふられると思ってたんだよ……」

思いもしないことだ。「は？　なんで？」と詰め寄ると、井田は肩を落とした。

「突然距離を置きたいとか言うし、今日だって最後の思い出作りだって言ってたから……」

「それは高校最後の夏、って意味だ！」

じゃあ何か。自分たちはお互いが相手にふられると思い込んでいた、ということか。なんだ、それ……。

青木は脱力して手すりに寄りかかった。安堵がじわりと体中に広がっていく。

「……俺らって、こんなんばっかだな」

思えば恋も勘違いから始まった。「だな」と井田も手すりにもたれて、

「マジで焦った。心臓止まりかけたぞ」

「俺だって」

目が合い、くすくすと笑いがこぼれた。「ほんとアホだなー」「そっちこそ」と肘で突き合っていると、突然空が明るく光り、ドーンッと音が響いた。

「おぉっ！」

夜空に広がった大輪の花火に、青木と井田は感嘆の声を上げた。

輝きはたった一瞬。けれど闇を払うその鮮やかさは、きっと自分と井田の心に一生残り続けるのだろう。

ドンッ、ドンッ、と続けて花火が打ち上げられる中、青木は井田の横顔を見上げた。

「俺らの高校生活もあと半年で終わりだな。なんかやり残したことはないか？」

　この幸福な時間がずっと続けばいいのに、と思う。けれど決して時間が止まることはなく、同じ場所に留まることもできない。

だからせめて悔(く)いは残したくないし、井田にも残してほしくない。

「……ある」

　柴犬のぬいぐるみを手すりの上に置いた井田は、青木に向き直ると、

「今、していいか？」

「何を？」

「次は俺からするって言っただろ」

　やっと理解が追いついた。一気に体が熱くなり、心臓が早鐘のように鳴り始める。

「約束したのに、ずっとタイミングがわからないままだったから……」

「真面目(まじめ)か！」

　そんなところまで律儀(りちぎ)でなくていい。青木はどぎまぎしながら手すりに指を滑らせる。

「別に約束ってもんでもねーし。というかそもそも、そういうのはしたい時にするもんであってだな……」

「今、したい。駄目か？」

「えっと……」

真っすぐなまなざしを受け止めきれず、視線を巡らせると、柴犬の黒い瞳と目が合った。

ごくりと息をのんだ青木は、ぬいぐるみをくるりと反転させる。

「……か……勝手にしろ」

言った途端、肩に手を回され、ぐいと引き寄せられた。何かを考える余裕はなく、近づいてくる井田の顔をただ見つめる。

唇と唇が触れ合った。

花火の音が、光が、遠ざかり、ただ自分と井田の熱だけを感じる。

永遠にも思える数秒ののち、唇が離れた。

人間というのは呼吸をするものだ。それを思い出した青木が息を吸い込もうとすると、再び目の前に井田の顔が迫った。

——ん!?

両肩をつかまれ、先ほどより強く唇を押し当てられる。思わず身を引こうとするが、井田は青木を逃がそうとしない。

ちょ、おい……おまっ、お前っ……！

「——っ、止まれーっ！」

井田の顔を押しのけ、涙目で絶叫する。

「最初は一回だろっ！」

ファーストの次にセカンドがあるのであって、両者は同時にやってくるものでは決してない。しかし井田は「そんな決まりはないだろ」と不服そうに頬を膨らませた。

「俺はそうなんだよ！」

青木は柴犬のぬいぐるみを持ち上げ、井田の顔面に押し付けた。

「つーかもう帰るぞっ。駅までちょっと歩くし」

ブンブンと腕を振って歩き出すと、井田は笑みをこぼして、

「なんだ。照れてるのか」

「照れてねーし！」

「そうか」

するりと自然な動作で手をつながれ、青木はうっ、と喉を詰まらせる。

こいつ、マジで成長速すぎない？　好きとかわからんとか、付き合ったら何するんだとか言ってたくせに……。

「青木」

「なんだよ？」

「ありがとな。俺のこと好きになってくれて。俺に好きって気持ちを教えてくれて」

穏やかな微笑みで見下ろされ、青木は井田の手をきゅっと握り返す。

「……俺も井田に教わったんだ。『俺なんか』じゃないってこと」

臆病で自信がなく、ともすれば自分の気持ちを軽視しがちだった。自分があきらめれば波風が立たずに済む、我慢すれば丸く収まると、そう考えていた。

でも井田が教えてくれた。青木の気持ちは、慈しむべき大事なものなのだと。

「俺はお前のおかげで強くなれた気がする。井田、本当にありがとう」

「……うん」

夜空に一際大きな花火が咲き誇る。

放射状に広がった光の礫が、二人の未来を祝福するかのように空を彩った。

エピローグ

——三月の終わり。桜のつぼみがほころび始めたころ。

井田家の門は開かれていた。緊張の面持ちでハンドルを握る相多は、車をそろそろ進ませる。

「美緒ちゃん。そっちのサイドミラー、大丈夫そう？　擦らない？」

「うん、平気。余裕あるよ」

助手席に座る橋下さんがそう伝える。しかし怖気づいた相多は門の手前でキュッとブレーキを踏んだ。

「やっぱ無理」

「えー、全然いけるでしょ。あっくん、ビビりすぎだよ」

青木(あおき)は後部座席から声を上げた。車が通れるだけの幅は十分にある。このまま真っすぐ進めば問題はないだろうに、冬休みに免許を取ったばかりの運転初心者は「かもしれない運転だよ！」と慎重だ。

「青木、お前はここで降りろ」

ミラー越しに青木を見やった相多は、自分たちは車を引き返して近くのスーパーに行くと言った。

「俺らは買い物しながら待ってるから、お前と井田は駐車場まで歩いてこいよ」

「わかった。またあとでな」

青木はシートベルトを外して車を降りた。去っていく車に手を振り、門をくぐる。

橋下さんは十二月の推薦(すいせん)入試にて、周囲より一足早く別間(べつま)大薬学部への入学を決めた。相多も同じ時期、東京にある専門学校の入学試験を受け、合格を果たしている。

そして青木と井田――。二人は揃って、第一志望の秀英(しゅうえい)大学に受かった。

一次二次とも危なげなかった井田とは違い、青木はギリギリの線を綱渡(つなわた)りしたけれど、どうにかこうにか合格に持ち込むことができた。結果を知った家族は泣いて喜び、母などはティッシュを握りしめながら「絶対に浪人すると思ってたぁー！」と息子の学力への信用の無さを露呈したものだ。

涙涙の卒業式を終えたあとは、物件探しに入学手続き、引っ越し準備と慌ただしい日々を過ごした。

　そして今日、青木と井田は京都へ発つ。最初は駅で待ち合わせるつもりだったのだが、見送りがてら東京駅まで送ってやるという相多の申し出に、ありがたくのることにした。

　青木は玄関の前に立った。チャイムを鳴らすより先に扉が開き、井田が顔を出す。

「おう、井田。おはよー」

「おはよう。車の音が聞こえたと思ったけど……相多たちは？」

「車、門に擦るのが怖いって引き返した。近くのスーパーに止めるって」

「そうか。荷物、二階なんだ。取ってくるから、少し待っててくれ」

　井田が二階へ行く。すると、入れ替わるように豆太郎を抱いた井田の母がやってきた。

「あ、おはようございます！」

　青木はぺこりと頭を下げた。豆太郎にも「よう」と声をかけるが、フスンッと不機嫌そうに鼻を鳴らされる。

「おはよう、青木くん。迎えに来てくれてありがとうね」

　豆太郎を床に下ろした井田の母は、そのまま膝を揃えて青木を見上げた。

「あなたたちが本当のことを話してくれて、うれしかったわ。きっと青木くんのご両親も同じように感じてらっしゃると思う」

　井田によく似た穏やかな微笑みに、青木は「はい」と笑い返した。

合格発表の少しあと、青木と井田は自分たちの両親に対し、二人並んで真実を打ち明けた。巣立ちを前に、お互いがそうしたいと思ったからだ。

両者の親ともあまり驚いた様子は見せず、笑顔で交際を歓迎してくれた。どうやら前からなんとなく感づいていたらしい。

「浩介はしっかり者のようでいて、かなり抜けているところもあるでしょ？　だから青木くんみたいに、あの子のことを大切に思ってくれる存在がそばにいるのは、親としてとても心強く思う。——青木くん。浩介のこと、これからもよろしくお願いします」

井田の母は手をついて頭を下げた。その真剣さに、青木もビシッと背筋を伸ばして答える。

「はい！　任せてください！」

親というのは本当に偉大なものだと、青木は思う。こうして子の幸せをただ一心に願ってくれる。「困ったことがあったらいつでも帰ってきなさい」と言って送り出してくれた、自分の両親もそうだ。

思えば自分は——たぶん井田も——周囲の人にとことん恵まれていた。振り返れば幸せな思い出が多すぎて、何度ありがとうを言っても足りないぐらいに感じる。

「お待たせ」

と、鞄を持った井田がやってきた。靴を履いた井田は、屈みこんで豆太郎に視線を合わせる。

「豆太郎……」

　別れの時間が訪れたことを理解しているのだろう。キューン、と切ない声を上げた豆太郎の首筋に、井田は顔をうずめる。

　豆太郎を京都に連れていくことを井田はギリギリまで検討していたが、豆太郎の負担を鑑み、結局は断念した。

「元気でな。母さんと父さんのこと、よろしく頼むぞ」

　井田は名残惜しげに何度も豆太郎を撫でたあとでようやく立ち上がった。続いて青木が腰を屈める。

「豆太郎。俺たちの間には、色々あったよな……」

　唸られ、吠えられ、おニューの靴をかじられ……。いい関係だったとはとても言えない。しかし、井田を大事に思っているという点では、豆太郎は井田の両親にも並ぶ存在。一言の挨拶もなく去ることはできない。

「お前は俺が嫌いかもしれないけど、俺はお前が好きだよ。井田のことは、お前に代わって俺がちゃんと守る。だから安心してくれ」

　ひたと青木を見つめた豆太郎は、ふと頭を下げると、両耳をぺたんと後ろに下げた。その姿は、まるで青木に撫でる許可を与えたかのようだ。

「豆太郎、お前……！」

　感激に声を震わせた青木は、そっと豆太郎の頭に手をのせた。毛は想像よりもさらに柔らかい。額から後頭部にかけてをゆっくり撫でると、豆太郎は悪くない顔でクゥンと鳴いた。

「井田、やったぞ。雪解けだ」

　井田がしたように首筋に顔をうずめようとすると、豆太郎は調子にのるなと言わんばかりにすかさず牙を剝いた。まだ、そこまで許してくれる気はないらしい。青木は「ごめんごめん」と笑って立ち上がる。

「母さん、もう行くよ。向こうに着いたら連絡する」

「うん。気をつけてね。いってらっしゃい」

　井田親子の別れは非常にあっさりしていた。両親どころか姉夫婦まで集合し、切符は持ったか新居の住所は覚えたかと、初めてのおつかいのごとく送り出された青木とは大違いだ。

　二人は井田家をあとにした。門を出て扉を閉めた井田は、そこでじっと立ち止まる。

「……寂しい？」

　青木の問いに、井田は自分の家を見上げて「うん」と小さくうなずいた。

「俺もだ」

少し切ない気持ちで青木は笑う。

家族や友達だけではない。学校に、よく買い食いをしたコンビニ、打ち上げに使ったファミレス……。慣れ親しんだものが、みんな遠ざかる。それは今生(こんじょう)の別れではないけれど、一つの区切りではある。

「でも、楽しみでもある」

井田の言葉に、今度は青木がうなずいた。

「そうだよな。俺もすっげー楽しみだ」

それもまた、偽りのない気持ちだ。

続く道の先には一体何が待ち受けているのか。良いものだけでなく、悪いものもあるだろう。

でもその道のりを一人で進むわけじゃない。隣には井田がいて、心の中には大切な人たちがいてくれるのだから、きっとどんなことが起きても乗り越えることができる。

「青木」

不意に井田が青木の前髪に触れた。差し出されたその指の先には、桜の花びらがのっていた。

「あれ、どこで拾ってきたんだろ」

言った瞬間、風が吹いた。どこからか運ばれてきた薄紅(うすべに)色の花びらが、ちらちらと宙を舞う。

「京都の桜も、もうすぐ咲くらしいぞ」

「じゃあ荷解きが終わったら、まずはお花見だな」

どちらともなく手をつなぎ、歩き出す。

足取りは羽が生えたかのように軽く、このまま二人で京都まで飛んでいけそうな気がした。

これは一生懸命で善良な高校生たちの、ちょっとおバカな恋物語。

彼らの物語はまだまだ続く。

※この作品はフィクションです。実在の人物・団体・事件などにはいっさい関係ありません。

集英社オレンジ文庫をお買い上げいただき、ありがとうございます。
ご意見・ご感想をお待ちしております。

● あて先
〒101-8050　東京都千代田区一ツ橋2-5-10
集英社オレンジ文庫編集部 気付
宮田　光先生／アルコ先生／ひねくれ渡先生

小説
消えた初恋 2

2023年3月21日　第1刷発行

著　者　宮田　光
原　作　アルコ・ひねくれ渡
発行者　今井孝昭
発行所　株式会社集英社
〒101-8050東京都千代田区一ツ橋2-5-10
電話【編集部】03-3230-6352
【読者係】03-3230-6080
【販売部】03-3230-6393（書店専用）
印刷所　図書印刷株式会社

ISBN 978-4-08-680496-7 C0193

集英社オレンジ文庫

泉 サリ

2021年ノベル大賞大賞受賞作

みるならなるみ／シラナイカナコ

ガールズバンドの欠員募集に
応募してきた「青年」の真意とは？
そして新興宗教で崇拝される少女が、
ただ一人の友達に犯した小さな大罪とは…。

好評発売中

【電子書籍版も配信中　詳しくはこちら→http://ebooks.shueisha.co.jp/orange/】

透明人間はキスをしない
猫田佐文
集英社オレンジ文庫